Louise Courteau

Édition originale : Louise Courteau inc.
ISBN : 978-1-913191-32-0
Image de couverture : © Macchia | Dreamstime.com

Talma Studios International Ltd.
Clifton House, Fitzwilliam St Lower
Dublin 2 – Ireland
www.talmastudios.com
info@talmastudios.com

Johanna Hani

LES ROSES DE L'ÉVEIL

Roman

Louise Courteau

À ma chère Céline,
Merci de m'avoir trouvée, merci d'avoir cru en moi, merci d'être
Toi ;

À ma sœur et mon frère,
Vous êtes tout pour moi ;

À ma nièce,
Ma chérie, tu m'enseignes tant ;

À mon éditeur,
Merci de m'avoir comprise et tant appris.

Chapitre I

Le chauffeur de taxi s'arrête à l'adresse qu'Estelle lui a indiquée et se tourne vers elle pour lui annoncer le montant de la course. Il ne peut s'empêcher de sourire devant l'air confus de sa passagère alors qu'elle regarde en direction du manoir.

– Êtes-vous sûr que c'est la bonne adresse ?

– Je fais ce trajet plusieurs fois par an. Vous êtes au bon endroit, chère Madame.

Elle lui tend l'argent, puis descend de la voiture sans lâcher du regard cette immense et luxueuse demeure. Elle s'était imaginé une vieille maisonnée au fond d'un bois…

Le chauffeur sort les bagages du coffre, les dépose près d'elle, puis reprend la route en scrutant Estelle dans son rétroviseur. Bien qu'il ait l'habitude de l'effet que cette destination produit sur ceux qu'il accompagne, il en sourit toujours.

Perplexe, elle s'avance lentement vers la porte d'entrée et fait retentir le carillon. Une femme lui ouvre et l'accueille avec un large sourire.

– Bonjour, je suis Estelle. Il était prévu que je n'arrive que ce soir, mais…

Sans attendre la fin de sa phrase, l'inconnue se jette sur elle pour la prendre dans ses bras avec un enthousiasme qui met mal à l'aise la nouvelle arrivée.

– Bienvenue, Estelle, je suis Cathy. Vous pouvez laisser vos bagages à l'entrée. Je m'occuperai de les faire porter dans votre chambre. Suivez-moi, je vais vous présenter Mama. C'est la première fois que vous venez ? Je ne vous ai jamais vue, mais je ne travaille ici que depuis deux ans. Je participe aussi aux cours de temps à autre, nous aurons donc l'occasion de nous croiser.

Cathy continue son monologue sans attendre les réponses d'Estelle, trop occupée à examiner le faste du long couloir qu'elle traverse pour l'écouter. Elles sortent par la porte arrière donnant sur un parc magnifique où s'affairent des jardiniers. Estelle avait cru qu'elle serait seule avec Mama dans un lieu où la nature régnerait en maître.

Elles marchent quelques minutes et s'arrêtent devant un banc. Cathy s'y installe, invitant Estelle à s'asseoir près d'elle d'un geste de la main :

– D'où viens-tu, Estelle ?, demande-t-elle à la nouvelle résidente du manoir, contrariée par ce tutoiement.

– Vous deviez me présenter Mama, je crois. Quand pourrai-je la voir ?

– Elle profite de la pause pour courir. Elle nous rejoindra dans quelques instants. D'ailleurs, nous appelons cet endroit « le banc d'accueil ». Tu peux me tutoyer, tout le monde le fait ici. Nous sommes une grande famille.

« Une grande famille… » se répète Estelle avec un vague sentiment de déception. Cela fait plus d'un mois qu'elle projette ce que sera sa vie auprès de Mama, mais elle n'a jamais imaginé ce qu'elle est en train d'expérimenter. Assommée par une Cathy trop volubile à son goût, l'envie de faire demi-tour lui traverse l'esprit. Qu'est-ce qui lui a pris ?, se demande-t-elle, sentant la colère qui l'avait quelque peu quittée ces derniers jours refaire surface.

– Ah ! voilà Mama.

Elle s'arrête devant les deux femmes et pose son regard sur Estelle, qui, malheureusement, ne peut profiter de cet instant longtemps espéré tant elle est agacée par le ton excité de Cathy :

– Mama, je te présente Estelle. Elle ne devait arriver que ce soir. Je vais faire monter ses bagages dans sa chambre. Je peux lui présenter les lieux, si tu veux ?

– Merci, chère Cathy, je vais rester un moment avec Estelle. À tout à l'heure.

Elle se pose près de sa nouvelle élève sans un mot de plus. Estelle ne sait si elle doit briser le silence qui s'éternise. « Comment s'adresse-t-on à un maître spirituel ? Qui, de surcroît, vient de finir son footing... », s'interroge-t-elle. Les secondes qui passent la rendent nerveuse. Se triturant les mains, elle pense alors à Karine, l'amie qui lui a parlé de Mama. Elle lui en veut. Pourquoi ne lui a-t-elle pas expliqué ce qu'elle trouverait dans cet endroit ? Pourquoi lui avoir fait croire que cette femme était une enseignante spirituelle hors du commun ? Même si Karine ne connaît pas les détails de sa vie, elle la sait en souffrance depuis longtemps déjà. Elle n'avait pas le droit de l'envoyer vers des gens incapables de l'aider. Ne supportant plus ce silence qui prend tant de place qu'il en devient une entité physique, elle décide de le rompre :

– Je suis désolée d'être arrivée si tôt... J'aime prendre de l'avance quand je voyage...

Elle s'arrête pour observer la maîtresse des lieux du coin de l'œil, attendant une réponse. Mama continue de regarder devant elle.

– Si vous préférez, je peux aller dans ma chambre et redescendre à 18 heures, essaie-t-elle encore.

– Savoure ce moment de calme, tu veux bien ?

Estelle se tait et baisse la tête. Elle sent des larmes de colère monter jusqu'à ses yeux fatigués par ses longues nuits sans sommeil. Elle veut déjà rentrer à Paris. Elle n'est pas à sa place ici, elle ne l'est nulle part.

Mama peut sentir sa détresse, mais il n'est pas encore temps de parler.

Chaque minute lui semble des heures. Estelle passe par tous ces états émotionnels dont elle a l'habitude et qui lui font si mal au quotidien. Elle aimerait s'entendre dire que tout ira bien désormais, que sa vie va changer... Son cœur s'alourdit. Non, ce n'est pas ici, avec cette personne, que la douleur de vivre s'arrêtera.

– J'ai fait un long voyage, je souhaiterais me reposer. À tout à l'heure peut-être, dit-elle, feignant de se lever.

– Comment te sens-tu, Estelle ?

Rassemblant toutes ses forces pour retenir ses sanglots, elle affirme d'une voix étouffée :

– Bien, je vais bien.

Mama perçoit ce qu'Estelle traverse et, d'une voix calme, sans la regarder, lui demande :

– Si tu t'autorisais à me dire tout ce que tu ressens, qu'aurais-tu besoin d'exprimer ?

Estelle sent la colère au bout de ses lèvres et craint d'exploser. Cette femme n'est-elle donc pas capable de deviner son désarroi ? C'est une imposteure, elle profite de l'impuissance de ceux qui viennent à elle pour les dépouiller et s'offrir ce train de vie indécent. Ce pseudo-maître spirituel n'a aucune idée de ce qu'elle vit. Pourtant, elle voudrait aussi déposer sa tête contre Mama, libérer ses pleurs, lui raconter combien elle souffre. Elle souhaiterait être prise dans ses bras, être rassurée, écoutée, mais elle ne parvient à exprimer aucune de ces émotions.

– Je répondrais que tout va bien et que je suis contente d'être ici. J'ai simplement besoin de repos.

Mama tourne son regard vers Estelle tandis que celle-ci s'apprête à quitter ce jardin auquel elle ne peut goûter. Apprécier la beauté du monde extérieur lui est impossible tant ses pensées destructrices le transforment en champ de bataille.

– Me permets-tu de te dire ce que je ressens ?

Estelle se rassied et fixe Mama avec intensité.

– Je ressens que tu es fatiguée d'être malheureuse, épuisée que ta vie ne prenne pas la direction à laquelle ton cœur aspire. Je perçois que tu n'es à ta place nulle part sur terre et cet endroit ne fait qu'amplifier cette sensation. Je ressens toutes ces émotions qui bouillonnent en toi sans trouver le chemin de l'expression. Je devine ton immense colère et, bien qu'elle t'empoisonne, tu en as besoin pour l'instant, car elle t'empêche de sombrer.

Alors que l'enseignante continue de parler, Estelle baisse la garde. Pour la première fois, elle se sent comprise sans avoir à expliquer, à dire. Sa respiration se fait plus lente, jusqu'à se prolonger par un profond soupir de soulagement. Elle a l' mpression soudaine de revenir dans son corps, en ressentant la chaleur du soleil contre sa peau, la moiteur de ses mains, la faim. Elle constate alors qu'elle est si souvent perdue dans ses pensées qu'elle n'a que rarement conscience de son corps et des messages qu'il lui envoie.

– Estelle, si tu décides de rester parmi nous, tu ne trouveras pas ce que tu crois être venue chercher. Je ne promets pas la réalisation de tes rêves, ni le bonheur, ni même la paix de l'esprit. L'objectif de ce lieu est de comprendre ta nature, comprendre ce que tu es. Non pas qui tu es, car qui tu es n'est pas à comprendre, mais à construire.

Après un instant de silence, elle reprend :

– Acceptes-tu ce voyage ?

– Je... je ne veux plus souffrir, lâche Estelle, les épaules alourdies par le poids du chagrin.

– Ce que tu fuis est précisément ce vers quoi tu te diriges. La souffrance ne peut nous poursuivre que si nous essayons de lui échapper.

Estelle fixe la pelouse sans la voir vraiment. Plutôt que d'absorber les dernières paroles de Mama, son mental l'assaille de questions : quel est le programme des semaines à venir, que fera-t-elle au quotidien, à quelle heure, comment et quand commencera-t-elle à se sentir mieux ? Elle veut aussi demander à Mama avec quels maîtres elle a étudié, quels livres elle a lus... Comment faire confiance sans ces informations ? Puis elle pense à nouveau à Karine et à sa transformation après son séjour au manoir. Alors, avec une sorte de résignation, elle assure d'une voix à peine audible :

– Je suis venue pour changer, pour que ma vie change.

Mama ne répond pas. Estelle se demande si elle vient de dire une bêtise. L'angoisse lui empoigne la gorge, comme chaque fois que ses paroles lui semblent inappropriées. Ses yeux cherchent dans le vide d'autres mots, une nouvelle répartie plus intelligente. Elle s'en veut. Comme d'habitude. Puis elle en veut à l'autre. Comme d'habitude.

Elle observe Mama discrètement.

– Je ne porte aucun jugement sur toi, tes pensées ou ce que tu dis, réplique-t-elle, comprenant ce qui habite sa nouvelle élève. Pour commencer, réfléchis à ceci : peux-tu envisager que ton objectif ne soit pas de changer ?

Interloquée, Estelle fronce les sourcils avec un mélange de confusion et d'agacement. S'entendre dire que la seule raison qui l'a amenée ici n'est pas juste lui donne envie de fuir. Après une longue inspiration, elle réplique :

– Si je ne change pas, je ne vois pas comment ma vie le pourra. J'ai toujours lu que le monde extérieur ne se transforme que si nous changeons de l'intérieur.

– Si tu l'as toujours lu, alors c'est vrai, mais peut-être n'est-ce qu'un aspect d'une vérité... Cathy t'attend sous le belvédère. Elle t'expliquera le fonctionnement de ce lieu. Dans ta chambre, tu trouveras un cahier dans lequel tu pourras consigner tes expériences, tes compréhensions, tes frustrations, tes colères, tes joies... Tout ce que tu veux ...

– Tout ce que je veux ?

– Bien sûr, tu es libre ! À côté, sont disposées des feuilles de papier rose. Elles sont destinées aux sujets que je te suggérerai régulièrement. Nous appelons ce travail d'écriture « la rose ». Le premier sujet que je te propose est : « Qu'est-ce que je veux voir changer en moi ? » Ta seconde rose, que je t'encourage à n'entamer qu'après la première, est : « Que se passe-t-il en moi lorsque je pense que je dois changer ? » Prends le temps de ressentir ton corps pour répondre à ces questions. Évite de commencer tes phrases par « Je pense que... », use et abuse du verbe ressentir, qui te permettra de sortir du mental.

Pour la première fois depuis son arrivée, Estelle se déride. Enfin un exercice ! Son travail de guérison peut commencer. Mama lui sourit avec chaleur en guise d'au revoir, se lève et fait quelques étirements pendant qu'Estelle se dirige vers le belvédère.

Cathy est assise sur un coussin en position méditative. Estelle s'installe sur un canapé de jardin. Une carafe d'eau avec des morceaux de citron et de la menthe est posée sur l'une des tables. Elle se sert un verre et avale une gorgée en observant la jeune femme. Son joli teint hâlé contraste avec le blond platine de ses cheveux, qu'elle porte courts. L'un de ses sourcils tremblote alors que le reste de son corps paraît serein. Ses lèvres pâles sont invisibles dans ce visage tout en rondeur. Ses fines épaules se soulèvent et se baissent au rythme régulier de sa respiration.

Lassée d'examiner Cathy, Estelle se tourne vers le parc. Elle s'étonne de nouveau qu'un enseignement spirituel puisse être donné dans un environnement aussi fastueux. Elle s'adosse au fauteuil, ferme les yeux et s'autorise un moment de détente. La nouvelle élève commence mentalement l'écriture de sa première rose. Il y a tant à changer en elle… Elle a le sentiment qu'elle ne sera pas capable de s'aimer sans transformer son être entier.

Cathy entrouvre les yeux en souriant, semblant revenir d'un endroit magique. Apercevant Estelle, elle se lève vers elle et lui effleure le bras. Son geste pourtant plein de douceur fait sursauter la nouvelle arrivée. Cathy se souvient de sa première journée au manoir : comme elle, Estelle aura besoin de temps avant de se sentir en sécurité. Elle s'assied près d'elle et, d'une voix calme qui détonne avec leur première rencontre, l'informe du programme à venir :

– Le premier soir, Mama souhaite que nous passions du temps seuls. L'un de nous t'apportera le dîner dans ta chambre. Chaque matin, tu seras réveillée par le son d'une cloche à 4 heures. La première méditation a lieu ici même à 4 h 30. Les tapis et coussins seront déjà disposés. Tu attendras que tout le monde s'installe pour prendre la place vide, et ce sera la tienne jusqu'à la fin de ton séjour. Après cet exercice mené par Stéphane, nous pratiquons une méditation marchée. Ensuite, il est d'usage que les élèves retournent dans leur chambre pour noter ce qu'ils ont vécu et appris lors de cette première partie de la matinée. Régulièrement, Mama nous demande de partager nos prises de conscience au début des cours, qui commencent à 10 h 30 à la chapelle. Le petit-déjeuner est servi à 7 h 45 et le déjeuner à 13 h 00. Nous reprenons les cours à 15 h 30 et dînons à 18 h 30. Le programme de la soirée, s'il y en a un, nous est indiqué le jour même. Je me permets de te donner un conseil qui a été salvateur pour moi : écris tout ce que tu ressens et les pensées qui te traversent. Une dernière chose : afin de favoriser notre introspection, il est recommandé de ne pas communiquer entre nous avant le premier cours. Je t'ai tout dit, il ne me reste plus qu'à te souhaiter un très bon séjour parmi nous.

Estelle a écouté religieusement chaque mot. Elle aime avoir un emploi du temps précis. Cela lui donne l'impression de contrôler sa vie et de libérer son esprit pour des activités plus intéressantes. C'est, du moins, ce qu'elle veut croire, car elle doit bien admettre que son cerveau, ressassant les mêmes pensées, est rarement disponible pour la nouveauté et la créativité.

– Je te montre ta chambre ?

Cette version calme de Cathy convient davantage à la nature d'Estelle ; elle commence à ressentir de la sympathie pour cette chaleureuse hôtesse.

Elles s'arrêtent devant une pièce que Cathy lui présente comme la tea room :

– Tu peux venir ici quand tu le souhaites. Du thé et des infusions sont à notre disposition. C'est la pièce où nous nous retrouvons après les repas pour partager nos expériences. Ces moments aussi font partie de notre cheminement.

Après deux étages et un dédale de couloirs, elles arrivent enfin devant la chambre attribuée à Estelle. Sans plus d'explications, Cathy lui souhaite une bonne fin de journée avec un sourire complice. Elle sait que cette première nuit verra de nombreuses pages se remplir de mots et d'émotions enfin autorisés, enfin lâchés.

La pièce est spacieuse et joliment décorée. La fenêtre donne sur une prairie où trois chevaux paissent non loin d'un énorme chêne sous lequel un homme est assis, les yeux fermés. Peut-être médite-t-il. Estelle s'étonne de n'avoir pas vu de statue de Bouddha ni la moindre référence au bouddhisme. Son cerveau associe systématiquement la méditation à cette philosophie. Elle se retourne vers ses bagages et décide de ranger ses affaires. Après avoir placé ses valises vides sous le lit, elle se dirige vers la salle de bains pour prendre une douche. Enfin détendue, elle ferme les yeux et savoure les bienfaits de l'eau chaude sur sa peau. Lorsqu'elle pensait à cette retraite le soir avant de s'endormir, elle imaginait se laver à l'eau froide qu'elle aurait dû tirer d'un puits, manger une fois par jour des légumes cuits à l'eau sur un feu de cheminée et recevoir des enseignements du matin au soir. Elle s'attendait à une expérience difficile pour le corps. Elle comprend que le véritable défi sera émotionnel et psychologique. À cette idée, son ventre se serre d'appréhension.

De retour dans la chambre, elle se dirige vers le bureau, prend quelques feuilles roses et le cahier en guise de support, puis s'installe sur le lit. Sachant que Mama lira ce qu'elle s'apprête à écrire, elle est tentée de n'être pas tout à fait honnête, de peur d'être jugée. Puis elle se remémore les paroles de celle qu'elle a du mal à considérer comme un maître spirituel et décide de laisser jaillir tout ce qui l'habite. Que veut-elle changer en elle ? Elle pose la bille de son stylo sur la feuille rose, certaine d'avoir tant à écrire, mais rien ne vient. Elle se demande si cela lui apportera la paix à laquelle elle aspire. Les yeux fixés sur sa rose toujours vierge, elle se laisse emporter par… la somnolence.

Un léger grattement à la porte la sort de sa torpeur. Elle va ouvrir.

– Bonjour, je suis Carl. Mama m'a demandé de t'apporter ton dîner. Je le mets sur ton bureau ?

Une fois le plateau posé, il lui serre la main.

– Bienvenue, Estelle ! Ton installation se passe bien ?

– Merci, oui, tout est parfait.

– J'en suis ravi. Si tu n'as besoin de rien d'autre, je te souhaite une très bonne soirée, dit-il en quittant la chambre.

Son visage est lumineux. Tous ceux qu'elle a croisés depuis son arrivée semblent rayonner.

Si elle avait été plus téméraire, elle l'aurait arrêté pour lui demander de l'aider à rédiger ses premiers devoirs. Cela lui donne une idée qu'elle s'empresse de noter : « Je veux être plus courageuse. »

Elle regarde son repas qui paraît frugal : une soupe de légumes et une pomme. Pourtant, après avoir terminé son assiette, elle n'a plus de place pour le fruit. Elle retourne sur son lit pour continuer la recherche de ce qu'elle veut transformer en elle.

« Je veux être plus courageuse, je veux… » Est-ce vraiment ce qu'elle désire ? Elle a souvent fait preuve de vaillance et n'en a pas été plus heureuse. Elle rature cette première phrase en s'étonnant de la difficulté de l'exercice. « Il faut que je change », pense-t-elle encore.

Elle voudrait pouvoir remplacer entièrement sa personnalité pour obtenir la vie de ses rêves. Devant son incapacité à rédiger sa première rose, elle note le deuxième sujet sur une nouvelle feuille et se ravise. Mama lui a conseillé de travailler sur les questions posées dans l'ordre donné, mais, comme pour défier l'autorité du lieu, elle lance tout haut un : « Je fais ce que je veux ! »

« Que se passe-t-il en moi lorsque je pense que je dois changer ? »

Le stylo prêt à écrire, Estelle se rappelle la consigne concernant l'usage du verbe ressentir et, plutôt que de faire appel à la pensée, choisit de s'exprimer depuis son cœur.

Je me sens impuissante. Je me sens confuse parce que je ne sais par où commencer. Je sens que je ne suis pas « assez ». Je ressens de la honte d'être moi, d'être ce que je suis. J'ai envie d'entrer à l'intérieur de moi pour enlever tout ce qui s'y trouve et l'échanger contre des choses adéquates et belles. Je me demande ce que les autres pensent de moi, voient de moi. Je me sens à l'extérieur du monde. Je sens qu'ils y arrivent tous, mais pas moi. Je me sens sans importance, quantité négligeable. Je ressens que l'on attend de moi d'être une autre… Pourtant, je n'en suis pas si sûre. J'ai l'impression que mon mental m'impose de changer pour être enfin en paix et heureuse, mais j'entends mon intérieur hurler « non ! » Finalement, je ne sais pas ce que veut dire « changer ». Dois-je retourner dans chaque événement qui a construit la personne que je suis pour le modifier ? Pourquoi suis-je ce que je suis si je dois le changer ? Pour qui dois-je changer ? Pour quoi dois-je changer ? Certains restent eux-mêmes, vivant avec leurs défauts, et sont pourtant aimés pour qui ils sont. Alors, est-ce véritablement la réponse ? Je me sens plus décontenancée encore qu'en commençant ce travail. La résistance aussi est plus forte, presque douloureuse. Si je devais être différente, qui serais-je ? Pourquoi je ne parviens pas à m'aimer telle que je suis ?

Le regard perdu dans le vague, les souvenirs se bousculent. Combien de fois s'est-elle dit : « Si j'avais été autre, les choses auraient été différentes. Si j'avais été moins… je n'aurais pas… Si j'avais été plus… cela ne me serait pas arrivé. » Elle peine à mettre ses pensées en ordre pour savoir ce qui devra être l'objet de son attention durant son séjour.

Une main sur le front, Estelle reprend sa première rose, acceptant de se confronter aux histoires douloureuses qui la meurtrissent :

Je ne veux plus être dépendante émotionnellement. J'ai l'intention de ne plus faire confiance aveuglément et de me respecter davantage…

Elle s'arrête et lève les yeux au ciel. « Cela n'est pas toujours vrai », se dit-elle. Elle n'accorde pas aisément sa confiance, elle n'a pas toujours été dépendante, elle se respecte. Elle raye à nouveau ce qu'elle vient d'écrire, pose ses roses et prend son cahier pour y coucher ce qui agite son esprit.

J'ai hâte de parler de mes roses avec Mama. J'aimerais que demain soit déjà là. À peine arrivée au manoir, mes croyances les plus ancrées sont bousculées. Je ne suis plus sûre de rien, mais, au moins, les conditions matérielles de cette retraite me rassurent. Elles me donnent l'impression de m'honorer. En réalité, mes attentes d'eau froide, de racines et de cabane reflétaient ce que je perçois de moi. C'est ce que je pensais mériter, et je me suis persuadé que, pour guérir, je devais souffrir. Je m'attends toujours à moins, à pire. Être dans ce lieu devient un acte d'amour pour moi... Sans doute le premier depuis longtemps.

Son stylo s'arrête. Sa respiration se fige. Une pensée surgit : et si c'était cela que je devais changer ? Le regard que je porte sur moi ?

Elle reprend sa première rose et écrit en lettre capitale : « Je veux changer le regard que j'ai sur moi. »

Apaisée, elle ferme les yeux et savoure ce moment. Pour la première fois, elle n'a plus le sentiment d'être inadaptée. Pour la première fois, le changement ne lui paraît pas impossible.

Les paupières lourdes de fatigue, elle s'allonge sur le lit. Le sommeil ne tarde pas. C'est inhabituel. Dans son quotidien, elle passe des heures à se retourner dans son lit, lire ses mails, ou regarder des séries avant de parvenir à dormir deux ou trois heures.

Chapitre II

Entre le rêve et l'éveil, Estelle entend ce qui lui semble être des hurlements de femme. Ses yeux s'ouvrent complètement, mais les cris sont toujours présents. Elle savait bien au fond que ce faste et cet accueil étaient trop beaux pour être vrais. Elle se recroqueville dans son lit, apeurée. Elle veut fuir mais craint de tomber nez à nez avec ce qui s'approche dangereusement de sa chambre. Écoutant attentivement, les cris ressemblent davantage au son d'une cloche. Quand l'instrument retentit devant sa chambre, elle est toujours désorientée. Y a-t-il le feu ? Faut-il sortir du manoir ? A-t-elle le temps de se changer ?

– Ah, mais oui ! Cathy m'a prévenue que j'allais être réveillée à 4 heures.

En colère, elle enfile une tenue de sport et des baskets, et descend tête baissée. Elle ne souhaite croiser aucun regard et encore moins ouvrir la bouche pour dire bonjour. Elle ne se souvient pas encore qu'ainsi, elle observe les règles du manoir.

Estelle arrive au belvédère, la fraîcheur du petit matin est agréable. Elle attend que tout le monde s'installe. La place qui lui a été attribuée est au premier rang, à l'entrée du belvédère. C'est celle qu'elle aurait choisie. Ce manoir est-il magique ?

Les yeux fermés, Stéphane est assis sur une estrade installée pour la méditation matinale. Estelle regarde autour d'elle, les autres élèves sont eux aussi en position méditative. Sont-ils déjà plongés dans l'exercice ou finissent-ils leur nuit ? Elle tente de les imiter, mais son esprit vagabonde. Elle pense à son appartement et vérifie mentalement que l'eau et l'électricité ont bien été coupées. Elle espère que sa voisine s'occupera de ses plantes comme elle l'a promis… D'autres réflexions affluent avant qu'elle se souvienne où elle est.

Stéphane prend la parole et, d'une voix douce et apaisante, salue les participants avant de leur donner les instructions :

– Aujourd'hui, vous vous centrerez sur votre corps pour y déceler un point douloureux, et maintiendrez votre attention dessus. S'il se déplace, suivez-le jusqu'à ce qu'il bouge de nouveau. Comme d'habitude, lorsque vous vous apercevez que votre esprit erre, ramenez votre focalisation sur votre corps. N'exercez aucune pression sur vous, n'essayez pas de vous concentrer, soyez simplement attentifs, doux et bons envers vous-mêmes. Vous avez quarante-cinq minutes.

Il referme les yeux. Estelle fait de même. Elle perçoit une pointe au genou droit. La sensation se fait plus intense à mesure que sa conscience se maintient sur cet endroit. Très vite, ses pensées la rattrapent. À quoi servent ces méditations ?, se demande-t-elle, pressée d'en avoir fini.

Elle ouvre légèrement les yeux pour observer Stéphane. Il a l'air paisible. Elle est certaine qu'il est absorbé dans sa méditation et n'est pas perdu, comme elle, dans les méandres d'une vie chaotique. Estelle ne se doute pas que lui aussi peine à ne pas s'égarer dans son esprit : ses quinze années de pratique ne l'empêchent pas de se sentir abattu. Influencée par le calme de sa voix, Estelle ne sait pas qu'il se sent mourir de l'intérieur.

Elle se concentre à nouveau sur son genou pour remarquer que la peine ressentie a des ramifications jusque dans le bassin. Elle s'attarde alors sur sa hanche droite. La position méditative est inconfortable. Elle se demande si tous ressentent les mêmes désagréments. Après ce qui lui semble être une éternité, elle a l'impression d'avoir mal partout. Elle ne parvient plus à décider sur quel endroit poser son attention. Comment peut-elle être si peu consciente de son corps ? Elle opte pour le bas du dos et décide d'y rester jusqu'à la fin. Elle a pourtant envie de bouger, de se lever, elle en a assez de ce calvaire. Passant de la tristesse à la rage, de l'impuissance au désir de hurler, des larmes commencent à perler sur son visage. Estelle entrouvre les yeux et croise ceux de Stéphane, emplis de compassion. Elle reprend sa méditation, se sentant soutenue et aimée. Non pas comme une femme par un homme, mais comme une âme qui se sent reconnue par une autre.

Elle n'a plus besoin de se lever. Son attention va et vient, certes, mais elle se sent à présent capable de continuer l'exercice qui lui demande de dépasser son mental si souvent décourageant.

Quel soulagement quand retentit le son du bol tibétain annonçant la fin de la méditation !

– Lorsque vous vous sentez prêts, vous pouvez revenir parmi nous et ouvrir les yeux, reprend Stéphane. Avant de nous lever dans le silence pour la méditation marchée, voici les instructions : vous avancerez en regardant autour de vous comme pour la première fois. Faites comme si vous ne connaissiez rien de ce que vous voyez. Ne nommez pas ce qui se présente devant vous. Je ferai résonner le bol dans quarante-cinq minutes.

Encore ensommeillés, les élèves se redressent, se rechaussent et suivent Stéphane. Le groupe s'éparpille rapidement pour que chacun ait son champ de vision libre.

Estelle ne parvient pas à se concentrer. Les minutes défilent. Elle s'ennuie. Cette marche lente est aussi éprouvante que la méditation assise. Elle fait mine d'observer, mais ne ressent que de la frustration. Elle sourit lorsque lui apparaît l'idée de jouer à l'extraterrestre arrivant sur terre. Elle s'imagine alors y être envoyée depuis un vaisseau spatial à travers un faisceau lumineux, comme dans les films. Elle baisse les paupières pour se mettre dans la peau d'un être venu d'ailleurs et les rouvre avec cette nouvelle conscience. Un phénomène étrange se produit : la couleur et la forme des arbres sont différentes. Il ne dure que le temps de quelques clignements d'yeux, mais cela lui suffit pour se sentir pleine d'espoir quant aux méditations à venir. Elle voudrait déjà être dans sa chambre pour écrire son expérience. Dès qu'elle entend le son de la cloche, elle détale en direction de son étage, mais se perd dans les couloirs. Elle ne se souvient pas du chemin et, sans comprendre ce qui lui arrive, s'agenouille et fond en larmes. Elle n'en peut plus. Combien de fois a-t-elle cru avoir atteint le but pour finalement se retrouver dans une impasse ? Son monde n'est qu'obstacles. Le sentiment de n'avoir ni repère ni fondation l'écrase. Elle n'a plus la force de bouger. Même ici, son quotidien la rattrape. Elle s'assied, enfouit la tête entre ses genoux et reste prostrée, accablée par tous les souvenirs qui la rongent : son ex-compagnon qui a fini de réduire à néant le peu d'estime qu'elle avait d'elle-même, les trahisons, les rejets…

Tandis qu'Estelle tombe en sanglots, elle sent une main sur son épaule. Elle lève les yeux et se retrouve le visage presque collé à celui de Stéphane, qui s'est accroupi près d'elle, car elle s'est perdue devant sa chambre. Son expression est emplie d'empathie et de compréhension. Elle tente de se ressaisir, sourit et balbutie :

– Oh, désolée, je… euh… je…

– Je t'accompagne jusqu'à ta chambre ?, lui répond-il sans formalisme.

Estelle se lève et le suit. Lorsqu'ils arrivent devant la porte, Stéphane s'arrête, la regarde avec un air de tristesse qui fait écho à la sienne, puis s'en va.

Elle reste figée, immobile. Elle aimerait retrouver l'élan avec lequel elle s'est jetée dans le manoir après sa méditation. Elle veut se rappeler la couleur inhabituelle des arbres, cette sensation d'être une extraterrestre. Elle a l'ardent désir de ne pas perdre le bénéfice de sa découverte, mais sa volonté ne suffit pas. La souffrance finit toujours par gagner le combat.

Résignée, elle entre dans sa chambre et s'abandonne sur son lit. Elle s'en veut d'être si fragile. Une violence inouïe l'envahit et la fait hurler dans son coussin :

– Au secours, au secours !

Elle ne trouve pas d'issue. Elle se met à rire, se moquant d'elle-même d'avoir cru qu'elle avait trouvé le secret de la vie quelques minutes auparavant.

– Tu es nulle ! C'est tout ce que tu as toujours été et resteras. Arrête de croire que tu peux changer. Tu te perds dans un couloir et tu te mets à pleurer ? Sérieusement ?

Elle s'allonge sur le dos et examine le plafond.

– J'aimerais être une des molécules de ce plafond, je pourrais enfin cesser de souffrir. Pourquoi suis-je humaine ?

Elle se remémore sa rose. « C'est cela que je devrais changer, je ne veux plus être humaine. C'est trop dur. »

Estelle se relève – elle finit toujours par se relever –, se dirige vers le miroir de la salle de bains. Elle se trouve laide et fade. Elle ouvre le robinet de la douche et se dévêt en attendant que l'eau soit à la bonne température. Elle se sent coupable de la laisser couler aussi longtemps alors que tant d'êtres en manquent. Elle entre dans la cabine. Si seulement le flot qui se déverse à présent sur sa peau nue pouvait la nettoyer de tout ce mal-être qui l'habite en permanence… Elle pense à Stéphane. Quelle étrange personne… Il ne lui a même pas demandé pourquoi elle pleurait, il n'a pas cherché à la consoler.

Estelle ne sait pas qu'il s'attend à s'écrouler à chaque instant, qu'il ne croit plus en rien. C'est le rendez-vous matinal avec les élèves du manoir qui lui permet de ne pas rester au fond de son lit toute la journée.

Estelle constate qu'il est déjà l'heure du petit-déjeuner. Elle n'a aucune envie de se confronter à tous ces gens heureux de vivre et rayonnants.

Après s'être habillée, elle descend en essayant de se repérer pour ne plus revivre l'épisode absurde de ce début de matinée.

Entrant dans la salle de restauration le regard fixé sur le sol, elle se dirige directement vers le buffet. Elle attrape une assiette, se sert un œuf dur, quelques tranches de pastèque et de melon. Le buffet est riche et varié, mais elle veut manger avec frugalité.

Sans relever la tête, elle devine une place libre et s'y installe. Elle a l'impression que tout le monde sait ce qu'il est arrivé dans le couloir. Elle en est mortifiée.

Après avoir avalé son repas, elle se rend directement à la chapelle encore vide et s'installe au premier rang, sa place favorite. Cela l'empêche d'être distraite. Elle sort son cahier pour y consigner ses dernières pensées :

> Je ne veux plus marcher les yeux baissés parce que j'ai honte d'être moi. Je veux entrer dans une pièce pleine de monde la tête haute et peut-être même souriante. Je sais que c'est possible. Je le sens. J'ai juste besoin que l'on me montre le chemin.

Une femme prend place à côté d'elle. Estelle, remarquant que les autres sièges sont libres, s'agace. « Pourquoi vient-elle s'asseoir là ? »

Ania ressemble à une poupée avec ses joues rouges et sa magnifique chevelure blonde savamment bouclée. C'est avec un large sourire qu'elle se présente à Estelle en lui tendant la main :

– Cathy m'a dit que tu es arrivée hier. Je suis ravie de faire ta connaissance.

Estelle s'en veut de sa première réaction. Réussira-t-elle un jour à se sentir bien auprès des autres ?

– Bonjour, Ania. Oui, je suis arrivée hier. Je suis encore un peu perdue et...

– Ne t'en fais pas. Les débuts sont très difficiles. Je passais mon temps à pleurer et maudire Mama et cet endroit. Accepte tout ce que tu es en train de vivre. Personne ici ne te jugera, car nous avons tous connu ces moments.

Estelle est touchée par ces paroles encourageantes. Elle ne sait que répondre à cette délicatesse et ce partage qui la rassure, mais les mots ne sont pas nécessaires. L'une près de l'autre, respirant à l'unisson, elles apprécient ce moment de sororité.

Mama entre dans la salle et s'assoit sur un fauteuil. Avant de commencer son cours, elle couve chacun des participants de son regard bienveillant, s'attarde sur certains et sourit à d'autres. Elle semble adapter ses salutations silencieuses à l'état émotionnel de chacun. Estelle l'observe : elle porte une longue robe bleue, et une ceinture laisse deviner son corps mince. Bien que son doux visage paraisse jeune, quelques rides reflètent son âge. Ses longs cheveux bruns sont attachés en chignon et quelques mèches sont lâchées sur les épaules. Elle se meut avec une aisance et une liberté rares. Estelle en conclut que l'aspect physique reflète le bien-être émotionnel. Elle sent son cœur s'emplir d'amour et son corps se détendre. L'atmosphère change au fil des minutes. L'énergie des élèves accueillis par les yeux du maître se transforme instantanément et diffuse un sentiment d'apaisement dans la pièce.

Estelle comprend combien chaque être a soif de reconnaissance. C'est un besoin fondamental et, lorsqu'il est comblé, l'énergie en est transcendée.

– Avant de commencer, j'aimerais que vous vous promeniez dans la salle et que vous vous saluiez comme je viens de le faire. Que les moins timides soutiennent les plus introvertis.

Estelle se tend : elle n'a aucune envie de faire cet exercice, mais ne veut pas se faire remarquer en restant assise. Elle se redresse et déambule dans la chapelle, faisant mine de répondre aux instructions. Tandis qu'elle focalise son attention sur les pieds des élèves, elle sent quelqu'un s'arrêter devant elle, et se résigne à relever la tête. Cathy la regarde avec douceur sans s'attarder.

Estelle se sent mieux. Un rapide coup d'œil circulaire lui montre une femme aux yeux rougis au fond de la chapelle. Elle se dirige vers elle d'un pas assuré, le cœur allégé par la sollicitude de Cathy. Lorsqu'elle offre à son tour ses salutations, Estelle éprouve un délicieux bien-être grandir en elle. Comment un acte si anodin peut-il être aussi bénéfique à celui qui le reçoit comme à celui qui le donne ? Pourquoi l'être humain rend-il les choses si compliquées ? La colère, l'orgueil, le désamour de soi sont destructeurs.

– Merci à tous. Reprenez votre place, ou une autre si vous en avez envie. Offrez-vous cette liberté, écoutez-vous.

Estelle, déjà assise, s'étonne des paroles de Mama. Elle se tourne vers sa voisine pensant voir Ania, mais n'est pas surprise de reconnaître la femme aux yeux rougis. Elles se sourient.

– Aujourd'hui, nous accueillons un nouveau membre. Estelle, veux-tu te lever pour que chacun fasse ta connaissance ?

Gênée, Estelle s'exécute avec difficulté, mais se sent soutenue par Mama et chacune des personnes présentes. Elle ne peut s'empêcher d'en profiter pour chercher Stéphane du regard. Il n'est pas là. Elle sourit à tous puis se rassied. « De la simple curiosité… », pense-t-elle.

– Le premier exercice de la journée s'appelle « J'écoute mon corps, je fais confiance ». Après avoir trouvé un partenaire, vous sortirez du manoir. L'un de vous fermera les yeux et se laissera guider par son coéquipier, qui lui tiendra le bras. Vous marcherez en silence. Le meneur devra prendre grand soin de la personne dirigée, et celle-ci se reposera sur lui. Celui qui a les yeux fermés restera centré sur son corps. Observez-vous lorsque vous accordez votre confiance. Avez-vous peur, êtes-vous à l'aise ?

Ne cherchez pas à contrôler votre guide, gardez les yeux clos. Si l'envie de les ouvrir est intense, ressentez ce que cela fait de ne pas céder à la peur. Soyez sûrs que la personne avec laquelle vous travaillez est celle dont vous avez besoin, et qu'elle est en train de vous aider à vous découvrir, à comprendre un aspect de vous, à débusquer vos craintes profondes. Lorsque vous entendrez la cloche, échangez les rôles.

Estelle se présente à l'élève assise près d'elle, qui fait de même.

– Enchantée, je m'appelle Cassandre.

Elle s'empresse d'ajouter :

– Je me sens souvent comme elle.

Estelle éprouve un mélange d'étonnement et d'excitation. Le regard immense et hagard, le teint livide, le corps maigre de sa partenaire ressemble à l'idée qu'elle se faisait de la Cassandre mythologique, celle qui reçut à la fois le don de voir l'avenir et la malédiction qui la priverait d'être crue, rendant ses contacts humains douloureux.

– Enchantée, Cassandre. Si tu es d'accord, je veux bien être menée.

Elles sortent du manoir et, bras dessus bras dessous, entament l'exercice. Cassandre appréhende de faire tomber sa camarade. Estelle est tendue à l'idée de perdre le contrôle. Elle fait cependant l'effort de rester focalisée sur son corps. Ressentant les appréhensions de Cassandre, elle adoucit le poids qu'elle exerce sur son bras. Elle perçoit aussitôt le soulagement de son guide. Les deux femmes avancent harmonieusement. Estelle s'interroge sur la pression qu'elle met sur les autres et comprend que ses émotions influent sur les réactions de son entourage à son égard. Cassandre la tire délicatement vers la droite, elle se laisse faire. Sous ses pieds, elle devine un chemin terreux ; l'odeur des chevaux envahit ses narines. Elles cheminent sans doute sous la fenêtre de sa chambre. Cassandre avance d'un pas confiant. Estelle s'abandonne. Elle savoure de ne pas avoir à prendre de décision. Peut-on vivre de cette façon ? Fermer les yeux, se laisser aller et faire confiance à la vie. Son corps ne lui envoie aucun signal d'alarme. Cette sérénité est étrange, lui est même étrangère. Elle observe qu'elle n'éprouve jamais cette quiétude intérieure, pas même pendant son sommeil. Elle est en permanence sur le qui-vive. Elle ne se sent pas en sécurité avec elle-même. Cette réflexion la bouleverse tant qu'elle s'arrête net. Cassandre la tire machinalement, puis s'immobilise à son tour. L'exercice devant se faire en silence, elle ne dit mot.

Estelle comprend qu'elle traverse la vie avec la peur à ses côtés. Et ce sont ses craintes qui engendrent son besoin de contrôle. Elle déglutit, puis indique par un appui sur le bras de Cassandre qu'elle est prête à repartir. Cette prise de conscience suffira-t-elle à changer son mode de fonctionnement ? Elle veut y croire.

Cassandre apprécie le rôle de guide. Elle s'est souvent sentie rabaissée. Vétérinaire reconnue, elle n'est à son aise qu'avec les animaux. Ils retrouvent le bien-être et presque toujours la santé lorsqu'elle leur prodigue ses soins, mais il en va autrement des humains. C'est pourquoi la confiance qui lui est accordée à cet instant la remplit d'une émotion qu'elle ne peut nommer, car elle ne l'a jamais ressentie. Est-ce du bonheur ? De la fierté ? De la gratitude ? Elle ne le sait pas encore.

Entendant la cloche retentir, Estelle devient la meneuse. Ce n'est pas nouveau, elle a l'habitude de guider, de choisir, de décider. Il ne s'agit pas d'un rôle qu'elle a recherché, mais ses parents absents l'ont obligée à prendre soin très tôt de sa fratrie et d'elle-même. Ce n'est pas ce qu'elle préfère, mais c'est ce que la vie lui a dicté.

Elle prend le bras de sa coéquipière avec fermeté et sent instantanément une résistance. Elle adoucit alors la pression et perçoit une Cassandre plus encline à se laisser conduire. Elle ne s'était jamais demandé si la personne pour laquelle elle faisait des choix était en harmonie avec ses décisions. La réaction de Cassandre l'oblige à se remettre en question : la femme au prénom si évocateur la force à gouverner avec délicatesse et bienveillance, en tenant compte des sentiments d'autrui.

Estelle s'interroge alors si l'énergie de l'un peut être responsable des actions de l'autre dans une relation toxique, mais elle n'est pas encore prête à accepter cette idée. Elle a réellement souffert, elle a tout donné et a été détruite. Il l'a détruite. Elle secoue la tête et décide de se concentrer uniquement sur sa partenaire.

De son côté, Cassandre reste vigilante : elle ne veut plus être victime. C'est précisément ce qui l'a amenée ici. « Plus jamais », s'est-elle promis.

La cloche sonne pour la seconde fois. Estelle ouvre les yeux sur une Cassandre paisible et souriante. Les deux femmes échangent un regard et tombent dans les bras l'une de l'autre en se remerciant mutuellement.

Chapitre III

– Avant de continuer, prenez trente minutes pour écrire ce que vous avez expérimenté. Cela peut vous sembler long, mais ce que vous écrivez, vos propres découvertes, sont bien plus importantes que chacun de mes mots. Ce que vous vivez est votre véritable enseignant. Les mots ne nourrissent que votre mental.

Estelle se demande encore une fois où peut être Stéphane, mais balaye rapidement cette réflexion sans importance. Elle entame l'écriture de ce que lui a appris son premier exercice au manoir. Lorsqu'elle relève la tête, les autres participants ont encore le nez dans leur cahier. Elle en profite pour observer Mama, qui semble méditer : Estelle peut ressentir sa présence, à la fois puissante et calme, remplir la chapelle. Elle a l'impression que l'esprit entier de Mama se trouve dans son corps. Elle ne paraît pas perdue dans ses pensées comme les élèves, éparpillés entre le passé et le futur, entre l'ici et l'ailleurs. C'est la première fois qu'Estelle se trouve devant un être capable d'une telle présence. Si un dieu décidait de s'incarner dans un corps humain, il dégagerait cette même aura. Mama est belle. Pourtant, ce n'est pas sa beauté qui impressionne lorsqu'on la rencontre, mais ce qui émane d'elle. L'intelligence, la profondeur, la bienveillance… Combien de temps faudra-t-il à Estelle pour atteindre un tel niveau de conscience ? Est-ce seulement possible ?

Mama ressent l'attention d'Estelle. Bien qu'il soit l'heure de poursuivre le programme de la journée, elle veut laisser son élève faire l'expérience physique de son énergie, afin qu'elle aussi emprunte le chemin de son essence véritable.

Estelle soupire.

– Lorsque vous vous sentirez prêts, vous pourrez poser stylo et cahiers.

Le brouhaha règne pendant quelques secondes avant de laisser place à un silence qui se fait l'écrin des paroles de l'enseignante.

– Qui souhaite venir sur l'estrade partager son expérience de l'exercice « J'écoute mon corps, je fais confiance » ?

Plusieurs mains se lèvent. Mama prend son temps avant de désigner Paula. Lourdement maquillée, des bijoux, des talons hauts… la jeune femme qui prend place sur l'estrade éveille la curiosité d'Estelle. Elle ne peut s'empêcher de penser qu'elle doit cruellement manquer d'assurance.

Paula s'assied sur le fauteuil vide et pose ses grands yeux marron sur Mama, qui l'invite à prendre la parole d'un geste de la main.

Elle ouvre son cahier et parcourt rapidement ses notes, avant de s'exprimer :

– J'ai déjà fait cet exercice deux fois auparavant, mais, aujourd'hui, j'ai tenu à le réaliser avec un homme. Je ne m'attendais pas à une telle épreuve. J'ai choisi d'être la première guidée. Je ne pouvais m'empêcher de craindre qu'il me laisse tomber ou me cogner contre un arbre. Il n'en a pas été ainsi lors des précédentes sessions. Je faisais entièrement confiance à mes partenaires féminines pour prendre soin de moi. Avec Sam, j'ai éprouvé la même sensation que lorsque je suis dans une relation. Je me disais : « Il va regarder une autre que moi, car il me trouve moche et stupide. » Lorsque j'ai dû le guider, je me sentais maladroite. C'est moi qui trébuchais et lui qui me soutenait pour que je ne perde pas l'équilibre. J'avais honte de l'avoir sollicité. Je redoutais ce qu'il pouvait penser de moi. J'ai très mal vécu cette expérience.

Déconcertée par la vulnérabilité et l'authenticité de Paula, qui semble n'avoir que faire du regard des autres, Estelle ressent un mélange d'admiration et, elle doit l'admettre, de pitié. Elle s'en veut aussitôt d'être dans le jugement, elle n'a pas la sagesse dont fait preuve celle qui ose se livrer pour trouver l'aide dont elle a besoin.

– Merci, chère Paula, pour ton témoignage, et merci de prêter ta voix à ceux qui ont vécu des expériences similaires. D'autres se reconnaissent-ils dans ce partage ?

Des mains se lèvent et des « Merci, Paula » retentissent dans la chapelle. Estelle observe cette femme courageuse et la trouve belle, mais ce n'est pas son apparence physique qui l'émeut. « L'ouverture du cœur rend beau », se dit-elle.

Mama s'adresse de nouveau à Paula :

– Ferme les yeux, entre dans ton corps et revis un moment de l'expérience avec Sam.

Elle s'assure que Paula a retrouvé la sensation physique désirée avant de lui demander :

– De quoi as-tu besoin à cet instant précis ?

– J'ai besoin que Sam me soutienne plus fermement, qu'il n'hésite pas à faire preuve de masculinité dans son assistance. Si j'écoute mon corps, je ressens la peur de Sam et cela nourrit ma propre insécurité... Oh, c'est étrange ! J'avais l'impression d'être à l'origine de mes craintes, mais... à présent, je n'en suis plus si sûre.

– Sam, interroge Mama en se tournant vers la salle, serais-tu d'accord pour nous rejoindre ?

Tous regardent le jeune homme au visage fin et aux cheveux longs lâchés sur les épaules se diriger vers l'estrade. Il reste debout au milieu des deux femmes. Estelle perçoit un brusque changement dans son propre corps. C'est une appréhension qu'elle n'éprouvait pas quelques secondes auparavant. Elle se sourit à elle-même, fière de constater qu'elle est capable de ressentir les émotions d'un autre.

– Souhaites-tu partager ton expérience avec Paula ?

– Oui. Je voulais que nous en discutions ensemble plus tard, mais puisqu'elle a réussi à s'exprimer devant vous, je me lance aussi.

Sam essuie ses mains moites sur son jean, passe son index sur la lèvre supérieure qui perle de sueur, déglutit et c'est d'une voix tremblotante qu'il prend la parole :

– Quand Paula a posé son bras sur le mien, je ne savais pas trop quoi faire. J'avais peur de bouger ou d'avoir un geste qui puisse lui laisser penser que j'avais des intentions à son égard. Dès qu'une femme m'aborde, j'ai l'impression qu'elle attend de moi ce que je ne peux pas donner, continue-t-il en se tournant vers Mama, l'air coupable.

Elle l'encourage à poursuivre par un léger sourire.

– Je me posais mille questions. Je ne savais pas quoi faire avec mon corps. Je comprends pourquoi tu n'avais pas confiance, Paula, c'est moi qui étais maladroit, pas toi. Et quand ce fut mon tour de fermer les yeux, je voulais que l'exercice s'arrête. J'étais submergé par l'angoisse. Pour être honnête, lorsque ce sujet a été proposé le mois dernier, je suis monté dans ma chambre. Cette fois, je n'ai pas eu le temps de sortir de la chapelle.

Mama se tourne vers la salle :

– Nous percevons le monde à travers nos propres filtres. Paula pensait le pire d'elle sans imaginer un instant que Sam était lui-même aux prises avec sa propre histoire. Quel effet produit ce témoignage sur toi, Paula ?

– Si tu ne m'avais pas suggéré d'entrer dans mon corps, j'en serais restée à la conclusion que mon comportement était ina-déquat. L'introspection m'a permis de comprendre que mon attitude était influencée par celle de Sam. En réalité, j'avais pris pour moi ce qu'il vivait et me suis sentie minable, comme à l'accoutumée. J'ai le sentiment que si je me connaissais mieux, je pourrais faire la différence entre mes propres émotions et celles des autres.

Elle baisse les yeux et continue de réfléchir à cette expérience. Mama ne l'interrompt pas. La jeune femme finit par reprendre la parole :

– Il ne s'agit pas tant de se connaître que de rester présente à soi sans se juger. Je passe mon temps à imaginer que je ne peux rien faire de bien. Cependant, si j'avais pris le temps de rester à l'intérieur de moi au lieu d'essayer de deviner ce que Sam pensait, j'aurais pu être également présente pour lui et l'aider.

Mama reste silencieuse quelques instants pour laisser à chacun le temps d'entrer en résonance avec les paroles de Paula, puis reprend :

– Lorsque vous faites confiance à vos pensées pour vous repérer dans le monde, vous n'êtes en contact qu'avec l'un des aspects de la réalité. Celui-ci dépend entièrement du discours intérieur que vous avez l'habitude d'entretenir. S'il est négatif, vous envisagerez votre existence depuis une perspective qui vous est défavorable. Apprendre à écouter vos sensations et vos émotions permet d'entrer dans la clarté. Il est temps de nous restaurer. Retrouvons-nous ici à 15 h 30. Ceux qui souhaitent partager leurs roses avec moi peuvent me rejoindre dès 14 h 30 au banc d'accueil.

Estelle se précipite aux toilettes pour se laver les mains, afin d'éviter la queue au buffet. Après s'être servie, elle s'installe sur la pelouse. Seule.

Elle ne voit toujours pas Stéphane… Elle se demande pourquoi elle pense à lui de plus en plus.

Après quelques bouchées, elle est rejointe par Sam.

– Salut ! Puis-je manger à côté de toi ?

Elle acquiesce d'un signe de la tête.

Le silence du jeune homme met Estelle mal à l'aise. Suffisamment pour qu'elle sorte de sa réserve :

– C'était formidable ce que vous avez fait, Paula et toi. Cela m'a beaucoup apporté, et je crois qu'il en a été de même pour tous. J'ai pris conscience de la facilité avec laquelle nous pouvons nous tromper sur une situation.

Devant le mutisme de Sam, Estelle sent la colère la gagner : pourquoi venir envahir son espace avec son mal-être et ne faire aucun effort pour que le repas soit agréable ? Elle aimerait manger ailleurs, mais n'ose pas bouger. « Quel idiot ! » pense-t-elle.

– Je suis vraiment désolé, lâche-t-il résigné. Quand je t'ai vue seule, je me suis cru capable de te parler. Les groupes, même restreints, m'intimident. J'ai beaucoup de mal à me connecter, à savoir quoi dire ou quoi faire de mon corps.

– Rassure-toi, je trouve que tu te débrouilles bien. Tu viens de te livrer alors que je n'en suis pas encore capable. Il y a une seconde, je te maudissais intérieurement.

Ils se regardent, partageant un sourire amusé et néanmoins désabusé sur leurs dysfonctionnements respectifs.

Estelle regrette que la vie de tous les jours ne soit pas ainsi. Si chacun pouvait exprimer ce qu'il ressent vraiment, combien de malentendus seraient levés, combien de relations seraient sauvées, combien pourraient naître ? Dans le silence, ni l'un ni l'autre n'est plus gêné désormais. Une fois son repas fini, Estelle s'allonge sur l'herbe et ferme les yeux. Elle entend Sam ramasser les assiettes et les verres. Elle le remercie de loin, mais il ne se retourne pas. Elle sourit. Elle commence à le comprendre.

Peu après, elle perçoit une présence s'installer à ses côtés. Pensant qu'il s'agit de Sam, elle ne prend pas la peine de sortir de sa somnolence, mais cette énergie dynamique et irritante l'oblige à ouvrir les yeux sur une Paula qui se triture les mains.

– Bonjour, Estelle. J'ai vu que Sam était avec toi. Il t'a parlé de ce qui s'est passé ? Il t'a dit quelque chose sur moi ?

– Nous n'avons pas parlé.

Estelle s'arrête un instant, toise Paula, puis continue avec une pointe de condescendance dans la voix :

– Si tu veux savoir ce qu'il pense, pourquoi ne pas lui demander ?

Paula, blessée par le ton d'Estelle, baisse les yeux pour retenir ses larmes. Elle continue dans l'espoir d'être comprise :

– Ce n'est pas confortable d'être dans ma tête, tu sais. Je suis obsédée par ce que les autres pensent de moi. Cela m'empêche de vivre. Après m'être exprimée sur l'estrade, je m'en suis voulu d'avoir peut-être mis Sam dans l'embarras. J'ai honte. C'est un sentiment qui accompagne chacune de mes interactions. Et je sens bien que tu me trouves stupide. J'ai l'impression que dès que j'ouvre la bouche, je dis une bêtise.

Estelle déglutit sa salive avec difficulté. Sa gorge se serre de culpabilité. Si seulement elle pouvait prendre le temps de se mettre à la place de l'autre et faire preuve de compassion !

– Je te comprends. Il m'arrive de craindre d'être à côté de la plaque. C'est pourquoi je préfère garder le silence. Rassure-toi, je n'ai pas ressenti qu'il t'en voulait. Et ton témoignage a été une source d'enseignement pour chacun d'entre nous.

– Je te remercie, Estelle. Tes mots me font du bien. Je te laisse. À tout à l'heure.

Il est temps pour elle de se rendre au banc d'accueil. Elle veut y être suffisamment tôt pour ne pas avoir à attendre.

Comme à son habitude, c'est en courant que Mama arrive. Elle s'installe en silence. Peut-être pour reprendre son souffle. Peut-être pour se mettre au diapason de son élève avant de la laisser s'exprimer.

– Tu veux me parler de tes roses ? dit-elle enfin.

– Oui, la première est très courte : « Je veux changer le regard que j'ai sur moi. »

Estelle observe la réaction de Mama qui reste impassible.

– Quels états émotionnels t'ont amenée à cette conclusion ?

– Je ne parvenais pas à rédiger ma première rose, aussi ai-je réfléchi au second sujet : « Que se passe-t-il en moi lorsque je pense que je dois changer ? » Après maintes tentatives, la réponse m'est apparue comme une évidence.

Mama constate qu'Estelle évite de répondre à sa question, mais n'insiste pas.

– Tu as une belle capacité d'introspection. Peux-tu me lire la deuxième rose ?

Estelle ressent des papillons dans le ventre en entendant les paroles de Mama. Bien qu'elle n'aime pas être tributaire des compliments d'autrui, elle savoure ces paroles, et c'est avec allégresse qu'elle lit sa seconde rose.

– Que ressens-tu de ton travail ? Mama espère que, cette fois, Estelle sera plus encline à partager ses émotions.

– J'ai écrit dans mon journal ce que je pense de ma seconde rose. Tu veux que je te le lise ?

– Je préfère que tu exprimes ce que tu éprouves maintenant, avec la nouvelle énergie créée par les exercices et les échanges d'aujourd'hui.

Estelle prend le temps de revivre sa matinée. Elle repense à son effondrement devant la porte de Stéphane. Il lui semble qu'une semaine la sépare de cet état de désespoir et de solitude intérieure.

– J'ai éprouvé différentes émotions aujourd'hui, mais je suis toujours la même personne. Ce sont d'autres aspects de moi qui se sont exprimés, parce que cet endroit et les personnes que j'ai rencontrées leur ont donné l'espace nécessaire pour se révéler.

Estelle se tait, attendant que Mama reprenne la parole. Face à son silence, elle poursuit :

– Bien que mon mental croie que c'est la clé de mon bonheur, le mot « changer » provoque une réaction négative, parfois violente dans mon corps. Il signifie que je ne suis pas assez bien telle que je suis et cette idée active mes résistances. Cela m'a amenée à la conclusion que, sans m'en rendre compte, je perpétue intérieurement l'attitude de mes parents à mon égard : « Change pour que nous t'aimions, arrête de pleurer, travaille bien à l'école, cesse tes bêtises si tu veux notre amour. » Bien sûr, c'était inconscient de leur part, mais c'était le message que la petite fille que j'étais recevait.

Constatant qu'Estelle conceptualise ses émotions au lieu de les vivre, Mama préfère mettre fin à l'entretien. Elle aurait pu aller plus loin en permettant à son élève de se reconnecter à son cœur plutôt qu'à son mental, mais elle juge qu'il est encore trop tôt. En à peine vingt-quatre heures, Estelle a déjà posé plusieurs pierres sur le chemin de la conscience.

– Si tu le veux bien, le sujet de ta troisième rose sera : « Si ce n'est pour changer, pourquoi suis-je ici ? » Prends ton temps : nous la lirons à la fin de ton séjour.

Estelle se sent frustrée par cette séance. Mama ne lui apprend rien. « Finalement, c'est facile d'être un maître spirituel », pense-t-elle. Sentant quelqu'un dans son dos, elle se retourne et découvre une inconnue avec une feuille rose à la main. Elle comprend qu'il est temps de céder la place. Estelle n'a pas envie de remercier Mama. Au contraire, elle veut lui faire part de son insatisfaction :

– Je pensais que nous allions parler de ce que j'ai écrit, ose-t-elle à voix basse pour ne pas être entendue par celle qui attend son tour.

L'enseignante sourit. Elle sait que la colère naît souvent de la non-expression des émotions perçues comme négatives. L'œil pétillant de malice, elle fixe Estelle et lui dit :

– Beau sujet pour un nouveau chapitre dans ton cahier !

Estelle ne peut s'empêcher, elle aussi, d'esquisser un sourire et, bien que déçue, quitte le banc en saluant Mama et sa successeure.

Chapître IV

De retour à la chapelle pour le cours de l'après-midi, le corps d'Estelle la mène directement à la place qu'elle occupait le matin. Ce n'est qu'au moment de s'asseoir qu'elle se dit que les habitudes se forgent vite. Désormais, elle veut apprendre à agir différemment, ne plus accomplir les mêmes actions, dans le même ordre, au même moment. Elle pressent que de nouvelles expériences, aussi anodines soient-elles, peuvent devenir le point de départ d'une nouvelle vie. Elle opte pour un autre siège.

Elle prend le temps d'observer la chapelle. Elle ne comprend pas pourquoi cet endroit est nommé ainsi, car elle ne perçoit aucun signe religieux. La salle sobre est composée de rideaux, murs, moquette, se déclinant dans toutes les nuances de jaune possibles.

Elle ferme les yeux en entendant les premiers arrivants et ne les rouvre qu'à l'arrivée de Mama.

– Vous êtes votre propre guide et votre propre enseignant, commence-t-elle sans préambule. Vous aimeriez que je vous explique ce qu'il se passe en vous, que je théorise sur des notions spirituelles que vous avez lues ou entendues, que je prononce des mots qui font du bien à votre mental. Cependant, mon seul rôle est de vous accompagner vers vous-même. J'ai la croyance que chacun est responsable de son bien-être, de sa vie, de ses décisions, de ses choix, de ses expériences, de ses émotions et de ses pensées. Et vous ne pouvez l'être véritablement si vous autorisez quelqu'un à vous dire ce que vous devez ressentir ou penser. Ce que vous percevez est juste, ce que vous pensez est juste, jusqu'à ce que vous choisissiez que cela ne l'est plus. Vous devriez pouvoir faire ce choix lorsque vous changez d'expérience, non parce qu'un maître ou un livre vous l'explique.

Votre cahier et vos roses sont vos enseignants, je ne le suis pas. Je suis votre soutien, le garant de votre bien-être tant que vous êtes ici, un miroir, un reflet. Je vous propose des exercices et des sujets de rose. J'aspire à ce que ce lieu soit celui dans lequel vous pouvez reprendre votre pouvoir personnel dans tous les aspects de votre vie. Aucune croyance ne vous est imposée. Plus vous avancerez dans la découverte de vous-même, plus nous pourrons parler de spiritualité, mais nous ne le ferons qu'à partir de vos propres découvertes et expériences, jamais à partir des miennes. Chacun de vous est une expression unique de la conscience. J'apprends aussi de vous. Entrez en contact les uns avec les autres avec ce même désir d'en savoir davantage sur vous-même.

Mama se tait puis ferme les yeux. Elle souhaite laisser à ses élèves le temps de prendre contact avec leurs sentiments. Elle fait cette mise au point régulièrement, car elle connaît la tendance trop humaine à laisser les rênes de sa vie à d'autres considérés comme plus sages, plus savants, plus conscients.

Certains sont heureux d'entendre ces paroles, d'autres angoissés à l'idée de se tromper de chemin si personne ne leur dit où aller, d'autres encore ont déjà entendu ce discours et en profite pour rêvasser.

Estelle comprend l'enseignement de Mama et se promet de ne plus se sentir frustrée ou en colère lorsqu'elle n'obtiendra pas les réponses à ses doutes et questionnements. Elle se demande si cette intervention est motivée par leur entrevue.

Après quelques minutes, Mama reprend :

– J'ai nommé l'exercice suivant : « Si une fleur m'enseignait ? » Vous sortirez dans le jardin et choisirez une fleur. Vous prendrez place face à elle et l'observerez en tenant votre stylo, prêt à écrire, sur votre cahier. Puis vous laisserez émerger les idées, les pensées, les émotions qu'elle vous inspirera. Soyez curieux de tout ce qui apparaîtra en vous. Sans pression, essayez d'être un espace libre pour ce qui jaillira. Nous nous retrouverons ici dans une heure.

Les participants sortent de la chapelle et s'éparpillent dans le jardin à la rencontre de la fleur idéale. Estelle avance en observant avec attention toutes celles qui semblent lui offrir leurs services. C'est dans un lieu qu'elle ne connaît pas encore, loin derrière le belvédère, qu'elle est irrésistiblement attirée par un magnolia.

Elle s'assied, ouvre son cahier et son stylo, puis attend, ne sachant quoi. Elle se concentre sur l'une des fleurs blanches et s'adresse à elle mentalement : « As-tu quelque chose à me dire ? Dois-je te poser une question pour que tu me répondes ? » De longues minutes s'écoulent pendant lesquelles son cerveau se vide de toute pensée. À mesure qu'elle observe sa fleur, elle se sent plus proche d'elle, jusqu'à percevoir la sensation presque physique d'un lien qui les unit. Elle devient plus calme, légère et gaie. Peu à peu, une nouvelle dimension prend place en elle :

Observe ma délicatesse et mon apparente fragilité. Sais-tu pourtant que je suis d'une extrême robustesse ? Mon éclosion a pris des années, mais j'existais bien avant que tu ne me voies. Je contemple les autres fleurs près de moi, et jamais je ne me demande pourquoi je ne suis pas violette ou rose, pourquoi j'ai une forme d'étoile et pas de diamant. Je suis heureuse d'être ce que je suis et je me contente d'embellir le monde en me montrant dans toute ma splendeur. L'arbuste sur lequel je fleuris ne serait pas le même sans moi. Je suis consciente de ma beauté, non parce que je suis belle à tes yeux, mais simplement parce que je vis. Je ne me nomme pas. Tu me nommes. Je suis un bout de conscience pure et j'existe pour l'ensemble comme pour l'unique. Je contiens l'Univers tout entier.

Les phrases cessent de défiler sous le stylo d'Estelle. Elle parcourt ce qui vient de s'écrire et a l'intuition que la fleur lui a dit tout ce qu'elle avait besoin de savoir en cet instant. Estelle relit une fois encore ce qu'elle a reçu et se demande d'où ce qu'elle appelle ce « charabia métaphysique » peut provenir. Elle ne comprend pas vraiment le sens de ces paroles. Peut-être y parviendra-t-elle un jour…

Elle n'est pas folle. Elle sait que ce n'est pas la fleur qui vient de lui parler, mais celle-ci lui a permis d'accéder à la part sage et consciente de son être. Elle remercie le magnolia et retourne à la chapelle. Tous les sièges étant pris, elle s'assoit au fond. L'exercice lui a fait perdre la notion du temps.

Les yeux fermés, Mama est assise en tailleur sur son fauteuil.

– Quelqu'un veut-il nous lire ce qu'il a reçu ? demande-t-elle sans changer de position.

Des mains se lèvent, mais Mama ouvre les yeux directement sur Estelle :

– J'aimerais entendre ce que ta fleur t'a inspiré.

La jeune femme se lève, le cœur battant violemment dans sa poitrine, son cou et ses tempes. Elle avance en essayant de ne pas laisser transparaître son appréhension. L'image de son magnolia se présente alors d'elle-même sur son écran mental et elle se rappelle sa force. Une fois sur l'estrade, elle s'installe près de l'enseignante, attendant son feu vert.

– Dès que tu te sens prête, nous devenons une oreille et un cœur.

« Quelle expression inhabituelle », s'étonne-t-elle intérieurement. Imaginant alors l'oreille et le cœur de chacun des participants, Estelle s'apaise, oubliant qu'ils pourraient la juger.

Elle lit les paroles recueillies et ponctue la fin d'un « voilà ! »

– Serais-tu d'accord pour que nous affichions dans la tea room ce qui t'a été offert ?

Estelle ne sait que répondre. Assoiffé d'éloges, son ego martèle dans sa tête des « Encore, encore ! » Son cœur, lui, n'a besoin de rien d'autre, il est assouvi.

– Merci, Mama, répond-elle timidement.

– C'est nous qui te remercions d'avoir ouvert ton esprit et accepté d'accueillir ces paroles en ton sein pour nous enseigner.

Estelle admire cette femme, dépourvue d'orgueil, pense-t-elle. Elle ne l'a pas encore vu se comporter en maître qui détient connaissance et sagesse. En retournant à son siège, elle remarque avec bonheur que tous ceux sur lesquels son regard se pose craintivement lui sourient. Leur bienveillance l'emplit de gratitude.

– À votre retour de la pause, vous ferez l'exercice « Raconte-moi, raconte-toi ». Vous choisirez un partenaire avec lequel vous n'avez jamais travaillé et lui narrerez un événement de votre vie. Optez pour celui qui vous vient à l'esprit au moment où vous commencerez. Ne prenez pas le temps de vous présenter, d'expliquer d'où vous venez, pourquoi vous êtes ici. Celui qui écoute ne coupera pas la parole, ne fera aucun geste, aucun signe de tête. Il restera placide. Vous échangerez ensuite les rôles sans commenter ce qui viendra d'être dit. Après les deux récits, vous garderez le silence et entrerez en vous pour observer en quoi et comment ce que vous avez entendu résonne en vous. Vous serez tentés pendant la pause de choisir un sujet, mais apprenez à vous laisser guider par le moment présent. Attendez d'être devant votre partenaire pour laisser place à ce qui émerge.

À son retour de la tea room, Estelle se retrouve nez à nez avec la personne qui lui a succédé sur le banc d'accueil quelques heures auparavant. Elle lui propose de travailler ensemble. Les deux femmes sortent dans le parc et s'éloignent pour prendre place sur la pelouse.

– Je m'appelle Caroline. C'est bien ce que tu nous as lu, dit-elle en souriant. Je peux débuter, si tu veux.

Estelle, soulagée de n'avoir pas à commencer, indique son accord d'un signe de la tête.

– Je dirige une maison d'hôtes. L'été dernier, j'ai accueilli un couple avec lequel j'ai immédiatement sympathisé. Ils ont passé leur première soirée avec moi. Nous avons dîné, discuté et avons même fait des jeux de société. Le lendemain, ils sont restés en cuisine pendant que je m'occupais du repas du soir. Je le prépare le matin afin de garder mes après-midi libres pour mon activité de thérapeute. Nous nous sommes si bien entendus qu'ils m'ont invitée chez eux. Je pensais avoir trouvé des amis. Le surlendemain de leur arrivée, je les attendais pour le petit-déjeuner, mais ils ne descendaient pas. Je ne m'en suis pas alarmée. J'ai vaqué à mes occupations toute la journée, m'attendant à les voir le soir. Je suis allée taper à leur chambre et comme ils ne répondaient pas, j'ai ouvert. Toutes leurs affaires avaient disparu. Ils étaient partis sans payer. J'ai ensuite découvert qu'ils avaient emporté de nombreux objets, ainsi que l'argent qui se trouvait dans un tiroir de la cuisine. Le numéro de téléphone et l'adresse qu'ils m'avaient communiqués étaient faux. Ils s'étaient inscrits sur place et je n'avais aucun moyen de les retrouver. Depuis, je suis devenue paranoïaque. Je ne fais plus confiance à personne, j'ai peur des autres. J'ai ressenti la violence de leurs actes comme la pire des trahisons.

Estelle continue de regarder impassiblement Caroline, mais ne l'écoute plus. Elle prend conscience que les personnes avec lesquelles elle a parlé ou travaillé ont peur des autres. Pourquoi attire-t-elle exclusivement ceux qui appréhendent le contact ? Est-ce une problématique commune à tous ou son énergie la met-elle en relation avec ceux qui souffrent des mêmes maux ? Bien qu'elle se dise sauvage ou misanthrope, elle doit admettre que c'est la crainte d'autrui qui l'empêche de tisser des liens. Le jugement, la peur de ne pas être à la hauteur, de ne pas dire ce qu'il faut, engendrent une véritable angoisse. Elle devine que si elle continue de côtoyer ceux qui partagent le même ressenti, il lui sera difficile de changer ses croyances sur elle-même et les autres. Perdue dans ses pensées, elle n'entend pas que Caroline a cessé de parler depuis quelques instants déjà. Le léger raclement de gorge de sa partenaire la sort de sa rêverie.

N'ayant aucune idée de ce dont elle parlera, elle s'intériorise et laisse un événement faire surface. Sa « communication » avec le magnolia lui revient en mémoire. Elle repense au bien-être ressenti lorsque Mama lui a fait des éloges. C'est alors qu'un événement auquel elle n'a jamais repensé surgit dans son esprit et, sans y réfléchir, elle décide de le partager :

– À l'âge de onze ans, mes parents m'ont envoyée en centre aéré pour les vacances, car ils travaillaient tous deux. Parmi les activités proposées, nous avons appris à fabriquer une maisonnette en bois que nous pouvions emporter chez nous, afin d'y mettre de la nourriture pour les oiseaux. Lorsque notre travail a fini de sécher, chaque construction a été remise à son créateur. La mienne est restée sur le bureau du moniteur. À la fin de la journée, je suis allée chercher ma réalisation, mais il m'a signifié qu'il souhaitait la conserver pour l'accrocher à l'arbre à l'entrée du centre. Il m'a félicitée pour mon travail et mon imagination, a exprimé sa fierté et m'a dit souhaiter que mon œuvre serve d'exemple aux autres enfants. Jamais je n'avais entendu des paroles si élogieuses à mon égard.

Estelle, sentant l'atmosphère s'alourdir, cesse de parler. Elle perçoit que la légèreté et la candeur de son récit détonnent avec celui de Caroline, dont le visage semble plus sombre qu'il ne l'était à l'évocation de son propre souvenir. Celle-ci s'en veut de ne pas parvenir à retrouver son enthousiasme. Bien sûr, elle sait que ce n'est pas l'histoire qu'elle vient de partager qui la plonge dans cet état permanent de tristesse. Caroline n'apprécie pas la nouvelle venue, qui lui paraît confiante et sûre d'elle. Elle ne peut deviner qu'Estelle lutte corps à corps avec la douleur ayant élu domicile dans son cœur, qu'elle est simplement dans l'un de ses rares bons jours.

Les deux coéquipières se relèvent et retournent à la chapelle sans un mot. Chacune prend place d'un côté et de l'autre de la pièce.

Mama attend la fin du brouhaha pour reprendre le cours :

– J'aimerais que vous répondiez intérieurement à cette question : « Si vous avez narré un épisode douloureux lors de l'exercice que vous venez de faire, est-ce que les paroles que vous avez reçues de votre fleur étaient consolatrices ou en relation avec vos émotions de tristesse ? »

Après avoir laissé quelques instants de réflexion à ses élèves, l'enseignante poursuit :

– L'énergie n'est jamais la même d'un instant à l'autre, elle fluctue en fonction de votre environnement, d'événements extérieurs, de vos pensées... Contrairement à ce qui est parfois enseigné, personne ne peut être continuellement dans la joie. Nous sommes soumis à l'impermanence de la vie. Ce soir, lorsque vous serez seuls dans votre chambre, remémorez-vous cette journée et essayez de retrouver les pensées qui vous ont accompagnés, les sensations que votre corps a expérimentées. Définissez intuitivement si vous avez créé ces pensées ou si elles ne faisaient que vous traverser quand vous avez décidé de les faire vôtres.

Je vous souhaite une belle soirée, peut-être de nouvelles prises de conscience, peut-être du repos, peut-être des larmes. Accueillez toutes vos émotions en essayant de ne pas les percevoir comme négatives ou positives. Je vous retrouve demain.

Chapitre V

Comme chaque matin, Estelle est réveillée à quatre heures par la cloche. Elle commence à s'y accoutumer. L'être humain s'acclimate décidément à tout. Elle a pris soin de préparer sa tenue la veille pour gagner quelques minutes supplémentaires dans son lit.

À son arrivée sous le belvédère, elle retrouve son tapis et son coussin. Le temps est humide. Stéphane dirige la méditation comme tous les matins et disparaît le reste de la journée. Elle aurait aimé en savoir plus sur lui.

– Cette méditation de cinquante minutes consiste à fixer notre attention sur le troisième œil. En cas d'inconfort physique, allongez votre respiration et laissez passer la douleur si vous le pouvez. Ne forcez pas et, si c'est trop difficile, ajustez calmement votre position pour ne pas déranger vos voisins.

Il fait tinter son bol et ferme les yeux.

À peine l'exercice entamé, Estelle est déjà happée par ses pensées. Depuis le début du séjour, elle a traversé des émotions diamétralement opposées, passant de la joie profonde à l'envie d'en finir tant la souffrance était intense. Un événement insignifiant peut la faire basculer d'un état à un autre. Elle est encore victime de ce qu'elle ressent et ne conçoit pas qu'elle puisse un jour maîtriser ses pensées. Elle comprend intellectuellement qu'elle peut les choisir et donc décider de ses émotions, mais son corps ne semble pas d'accord. Il suffit d'un regard pour que son cœur se mette à battre, que sa gorge se noue, que son ventre se torde. Elle a l'impression que sa volonté n'a aucun pouvoir sur ses automatismes. Elle remarque cependant que certaines situations qui la mettaient en difficulté auparavant perdent quelque peu leur fonction de déclencheur. Peut-être le travail se fait-il inconsciemment et que la volonté n'entre pas dans ce processus de guérison ?

Estelle essaie de temps à autre de revenir à son troisième œil, mais le mental ne cesse de la propulser hors de son corps et du présent. Elle se dit, par exemple, que se familiariser avec ses propres émotions rend capable de percevoir ce que ressentent les autres. Aussi n'est-elle plus si convaincue que Stéphane soit l'homme serein qu'elle avait imaginé la première fois. Elle devine qu'il ne va pas bien. Lorsqu'elle l'écoute donner ses instructions, les épisodes les plus douloureux qu'elle a vécus avec son ex-compagnon lui viennent instinctivement à l'esprit. « Vit-il lui aussi une séparation ? », se demande-t-elle. Non, c'est absurde, ce n'est pas parce que je pense à l'échec de ma relation quand je le vois qu'il traverse les mêmes tourments. « Zut, concentre-toi sur ton troisième œil ! » Elle s'accroche à ce point et bien qu'elle voie, ressente, entende ses pensées, elle s'efforce de ne plus les entretenir. Quand elle parvient à occulter les phrases qui traversent son mental, c'est le corps qui se réveille en envoyant des signaux de douleur à de multiples endroits. Ce rendez-vous matinal devient redoutable. Demain, elle ne se lèvera pas. Cette idée l'apaise et elle réussit à passer les dernières minutes au milieu de son front.

Entendant le subtil son du bol tibétain, elle ouvre les yeux et croit percevoir de la souffrance sur le visage de Stéphane. Elle observe sa pomme d'Adam monter et descendre avec difficulté. Comment a-t-elle pu percevoir de la quiétude en lui ? Combien nous pouvons nous tromper sur les autres quand nous ne sommes pas conscients de nous ! Cette idée la rend perplexe. « Ainsi, pour comprendre l'autre, il serait nécessaire d'avoir pleinement conscience de soi ? »

Avant de se lever, les participants écoutent les consignes de la méditation marchée :

– Aujourd'hui, vous observerez ce que vous voyez en prononçant la phrase : « Ceci est une extension de la Source. » Que vos yeux se posent sur un être humain, une plante ou quelque autre objet, ne le nommez pas, répétez simplement cette phrase : « Ceci est une extension de la Source. » Lorsque la cloche retentira, vous vous dirigerez lentement vers votre chambre pour rester dans l'énergie de la méditation.

Il se met en marche. Estelle le suit puis s'éloigne du groupe. Elle a besoin d'être seule pour tirer les bénéfices de cette expérience qu'elle apprécie déjà.

Elle se dirige vers la prairie où donne la fenêtre de sa chambre. Son regard se pose sur la clôture, un cheval, une poubelle, l'herbe, l'un des participants au loin, sa main, ses pieds, le ciel, un caillou. Sa pratique la rend presque incapable de différencier ce qu'elle observe. Chaque objet, chaque humain n'est plus particulier, mais un élément du Tout. Ne pas nommer ce qu'elle voit fait perdre leur nature aux éléments. Tout devient une extension de la Source, tout est la Source.

Le monde qui l'entoure prend un nouvel aspect. Ses yeux ne voient plus que la beauté. Même la poubelle lui apparaît comme essentielle à l'expérience de la Source. Ce qui n'est qu'un réceptacle à déchets depuis le point de vue humain peut avoir un tout autre sens depuis celui de la Source.

Elle retourne parmi les autres participants et les regarde en prononçant cette phrase mystérieuse qui lui semble ouvrir la porte d'un monde magique. Chacun de ces êtres prend une importance primordiale. Elle ressent une forme d'amour qu'elle n'a jamais connue. Au-delà de l'amour humain. Elle sait dans ses fibres qu'il ne s'agit pas d'un sentiment, mais d'un état. Tout et tout le monde deviennent précieux. Infiniment. L'air d'extase sur le visage de nombreux élèves lui fait comprendre qu'eux aussi viennent de vivre un moment remarquable.

La cloche retentit et, contrairement à son habitude, Estelle prend son temps pour retourner dans sa chambre. Elle continue l'exercice devant le miroir. « Ceci est une extension de la Source. » Son visage lui semble différent. Son image lui est si familière qu'elle ne se regarde jamais vraiment. Elle ne s'envisage généralement qu'à travers ses défauts, un bouton, les pores de sa peau. Elle n'a jamais discerné le miracle de la vie à travers elle. Ce jour-là, en tant que potentielle extension de la Source, elle se trouve belle. Elle consigne soigneusement les apprentissages de ce début de matinée dans son cahier. Une fois le stylo rebouché, elle se demande ce qu'est la Source, puis balaye la question en secouant la tête. Ce sera pour une autre fois. Encore sur son nuage, elle prend une rose pour y noter la réponse au troisième sujet : « Si ce n'est pour changer, pourquoi suis-je ici ? »

Pour faire le plus beau des voyages, le seul véritablement important : celui d'apprendre à devenir Dieu.

C'est ce qu'elle ressent en cet instant. Heureuse, elle fait sa toilette, s'habille puis descend prendre son petit-déjeuner.

Chapitre VI

– Aujourd'hui, j'aimerais que nous parlions de vos méditations matinales. Barbara, veux-tu commencer ?

Une femme aux longs cheveux noirs frisés rejoint l'estrade. Ses bras nus laissent entrevoir de profondes cicatrices au milieu de tatouages multicolores. Estelle a fait sa connaissance le deuxième jour de son arrivée. D'une voix grave et rauque, Barbara entame la lecture de ses notes :

> Ce matin, Stéphane nous a proposé de faire une méditation marchée qui consiste à observer ce qui nous entoure en prononçant la phrase : « Ceci est une extension de la Source. » J'ai commencé par fermer les yeux et je me suis attribué cette phrase. Cette déclaration a suffi à me sortir de ma condition d'être humain. À chaque énonciation, j'avais l'impression que la réalité se transformait devant moi. L'homme devenait l'herbe, l'herbe devenait le banc, je ne savais plus qui était quoi. Après quelques instants à me délecter de cette découverte, mon cœur s'est mis à battre fort. Une partie de moi a pris peur. Était-ce mon ego ? Il me fallait arrêter. J'ai craint de ne plus revenir, de ne plus être capable d'aimer si je n'étais plus en mesure de faire la différence entre ceux qui me sont chers et une fleur. Je me suis demandé si cette façon d'appréhender le monde ne ferait pas de moi une personne insensible. Alors que je cherchais à calmer mon anxiété, je me suis mise à apprécier le fait d'avoir des émotions, même celles qui me brisent le cœur. Après tout, c'est grâce à elles que je peux aimer.

Mama observe Barbara de longues secondes avant de rompre le silence auquel les mots de l'élève ont donné vie.

– Merci infiniment Barbara, tu peux regagner ta place.

L'enseignante se tourne vers l'assemblée :

– Sam, tu veux bien venir à ton tour ?

Le jeune homme passe une main dans ses longs cheveux pour dégager son visage et se prête au jeu sans être vraiment présent. Il prend la parole d'une voix métallique :

> Le concept de la Source me dérange. Le fait que nous soyons tous issus d'un même lieu, que nous soyons faits dans le même moule, si je puis dire, ne me convient pas. Mon mental refuse l'idée que celui qui m'a torturé toute mon enfance soit une extension de la Source. J'en ai éprouvé de la rage envers Mama. C'est bien joli, tous ces concepts, mais, concrètement, dans le quotidien, je pense que c'est du déni. Je veux bien que le brin d'herbe soit une extension de la Source, mais mon père, non. Malgré la colère, je me suis accroché à la consigne. Soudain, j'ai eu la sensation presque physique que mon crâne s'ouvrait et libérait une énergie puissante. Je n'étais plus enfermé dans mon corps. Pour la première fois, j'avais le choix. L'adulte en moi se dissociait du petit garçon battu. J'ai alors compris que depuis toutes ces années, j'étais toujours victime de mon père. Il me battait encore… à l'intérieur de moi. Dans le présent, je suis aussi coupable que lui. Ce qu'il m'a fait subir, je continue de me l'infliger en me coupant du monde, en décidant qu'il faut me méfier, fuir, en ne me laissant pas aimer et en n'aimant pas. Des tensions dont je n'avais aucune conscience se sont fait sentir dans mon corps. La douleur a été si vive que je me suis agenouillé. Cette position m'a apaisé. J'avais l'impression

de me prosterner devant la vie et de lui dire : « Je te laisse entrer à présent. »

Sam se tourne vers Mama pour lui exprimer sa gratitude. Elle sourit du regard, ses lèvres bougent à peine. C'est un moment précieux. Elle indique au jeune homme de retrouver sa place avant de poursuivre :

– L'émulation du groupe est une source d'enseignement rapide et parfois fulgurant. Aussi, je vous laisse jusqu'au déjeuner pour créer des groupes de trois et échanger sur vos écrits. Chacun aura l'occasion d'apprendre aux autres et des autres. Estelle et Benjamin, retrouvez-moi à 14 h 30 sur le banc d'accueil.

Tous deux arrivent en même temps. Benjamin a déjà remarqué Estelle et maintes fois observée à son insu. Il la trouve belle. Il aime sa mâchoire carrée qui inspire la force, ses yeux bleus dans lesquels il reconnaît sa propre tristesse, son apparente timidité, qui lui donne envie de la protéger. Ou peut-être est-ce lui qui a besoin de protection ? Il a passé du temps à imaginer sa vie. Il la pressent célibataire, blessée par un homme, par la vie. Même s'il a appris auprès de Mama que tout ce qu'il projette sur l'autre est en lui, inventer l'existence de ceux qu'il ne connaît pas reste son activité favorite. C'est d'ailleurs ce qui fait de lui un auteur à succès.

Estelle est gênée de se retrouver à côté de cet homme dont elle a surpris à maintes reprises le regard inquisiteur. Elle se souvient s'être étonnée de la présence d'un tel individu au manoir : une boucle au nez, une partie du crâne rasé, des tatouages sur l'ensemble du corps, ne correspondent pas à l'idée qu'elle se fait d'un aspirant au mieux-être à travers la recherche de soi. Elle l'aurait plutôt imaginé cherchant le bonheur dans les drogues.

– Ce n'est pas l'habitude de Mama d'arriver en retard, lui dit-il en rompant un silence qui laisse trop de place aux jugements de l'un et de l'autre.

Il ponctue sa phrase par un rire pour masquer sa timidité maladive et poursuit :

– Si je me fie à ce que je connais d'elle, je pense qu'elle nous a donné ce rendez-vous pour que nous apprenions à nous connaître.

Estelle sourit en pensant à Mama. Son visage irradie l'amour, la joie intérieure, la bienveillance. Son énergie paraît sans âge. Elle l'aime.

– Oui, sans doute, répond-elle.

Sa crainte des autres s'étant quelque peu estompée ces derniers jours, elle se risque à lui demander :

– Que fais-tu au manoir ? Je dois admettre que j'ai du mal à l'imaginer.

Benjamin garde le silence un instant. Il est déçu de cette première interaction. Il pensait qu'une personne comme Estelle était capable de dépasser les apparences pour percevoir son prochain sur un autre plan, mais il se ravise. Lui aussi s'est contenté de ce qu'il voyait.

– Je me suis fait la même réflexion à ton égard. Tu as l'air si sûre de toi. Tu m'impressionnes lors de tes interventions pendant les cours…

Ces paroles la rendent triste : personne ne semble percevoir son désespoir. Elle pensait avoir fait des progrès pour être plus authentique. Si seulement quelqu'un pouvait déceler sa vulnérabilité, son besoin de soutien et d'amour, se dit-elle désabusée.

– Qu'es-tu venu chercher ? le coupe-t-elle alors qu'il continue ses compliments.

– Des réponses. Sur moi, la vie, les autres. J'écris des livres. Ils ont trouvé leur public et me permettent de vivre de ma passion, mais ça ne suffit pas à me sortir de mon mal-être. J'ai de nombreuses dépendances, des tocs, je ne sais pas communiquer.

Cela fait trois ans que je vis seul et quasiment enfermé. Je ne sors que pour assurer la promotion de mes œuvres... J'ai besoin de ce lieu.

En écoutant le récit de Benjamin, le visage d'Estelle s'éclaire :

– Qu'as-tu écrit de beau ?

– De la science-fiction. J'ai l'impression d'être connecté à un futur où les extraterrestres existent. Je ne parviens pas à aimer le monde tel qu'il est, alors j'en invente un dans lequel j'ai ma place. Les gens me semblent lobotomisés. Ils ne se battent plus, ils acceptent tout ce qui leur est raconté et imposé. Avec mes livres, j'essaie de proposer un autre modèle de société et, peut-être qu'un jour, cela provoquera un déclic et permettra d'allumer la flamme d'un avenir meilleur pour l'humanité.

Estelle est attendrie. Elle sent son âme se connecter à celle de Benjamin. Il ne s'agit pas de romantisme. Depuis son arrivée au manoir, les émotions qui l'habitent semblent d'une nature plus profonde. Les sentiments qu'elle porte aux femmes et aux hommes qu'elle apprend à connaître deviennent purs et inconditionnels. Néanmoins, les mots justes ne parvenant pas à son esprit, elle choisit de garder le silence et de lui sourire.

Benjamin sent son cœur s'arrêter : il vient de se livrer et ne reçoit qu'un sourire. Son visage s'assombrit et il reprend :

– Tu ne dis rien ? Tu trouves mes propos absurdes ?

– Je ne sais que répondre. En t'écoutant, je me suis sentie inutile et stupide. Tu penses aux autres, tu crées, tu agis. Moi, je suis autocentrée et je me perds dans mes problèmes. Quelle réponse pourrais-je apporter ?

– C'est dommage, rétorque-t-il les yeux dans le vague. Lorsque je t'observe, je vois une femme accomplie, sûre d'elle, qui a traversé toutes ses difficultés avec succès. Toi, tu as perçu l'aspect positif de ce que je t'ai partagé, pas moi. Je regrette que nous ne puissions apprécier notre richesse intérieure. C'est peut-être la raison pour laquelle Mama n'est toujours pas arrivée : nous avons besoin d'un miroir positif pour être capable d'apprécier nos qualités. Nous sommes indispensables les uns aux autres. Pourquoi sommes-nous si nombreux sur Terre si ce n'est pour nous connecter, nous entraider, nous aimer, œuvrer ensemble et être des reflets les uns pour les autres ? Nous sommes des êtres interdépendants et nous avons besoin de nos semblables. C'est tout le propos de mes livres, d'ailleurs.

La sonnerie annonçant le début du cours de l'après-midi retentit. Mama ne s'est pas montrée. Estelle et Benjamin se dirigent vers la chapelle. Il reste au fond, elle s'avance au premier rang. L'enseignante, déjà installée, attend que le calme remplace les chuchotements et bruits de sièges pour commencer :

– Lors de l'exercice « Raconte-moi, raconte-toi », vous avez retracé un épisode de votre vie. Aujourd'hui, vous choisirez de nouveaux partenaires et reprendrez le même récit à la troisième personne. Par exemple, vous remplacerez « je suis allée me baigner » par « elle est allée se baigner ». Vous serez tentés d'alléger le contenu, mais essayez de donner les mêmes détails qu'à la première personne. Comme d'habitude, connectez-vous à vos émotions et observez ce qui se passe dans votre corps lorsque vous parlez.

Estelle aperçoit Carl, qu'elle n'a pas revu depuis qu'il lui a apporté son repas dans sa chambre. Elle n'avait pas pris le temps de le regarder. Si elle avait dû le décrire d'après ses souvenirs, elle n'aurait pas été capable de dire à quoi il ressemblait. Elle était si désorientée qu'elle n'était pas en mesure de percevoir le monde extérieur dans ses détails. Son esprit devenant plus disponible aux autres, elle perçoit un homme sans doute plus jeune qu'elle. Il porte un jean slim bleu retroussé et une chemise à gros carreaux rouges. Sa barbe courte impeccablement dessinée lui laisse penser qu'il prend soin de lui. Elle le trouve élégant.

Estelle se félicite d'être capable de voir l'autre, alors qu'à son arrivée, elle était entièrement absorbée par elle-même et vivait dans une sorte de brouillard. Plus la clarté se fait en elle, plus ses yeux, son esprit et peut-être même son cœur s'ouvrent.

– Bonjour, Carl, J'aimerais faire cet exercice avec toi.

C'est avec un sourire radieux qu'il accueille sa proposition.

– Oui, moi aussi.

Il cherche du regard un endroit ombragé et éloigné des autres participants.

– Que dirais-tu de cet arbre ? lui propose-t-il.

Elle acquiesce d'un signe de tête et avance en direction du lieu choisi par son partenaire. L'assurance qu'il dégage aurait pu intimider Estelle, mais une telle bienveillance émane de lui qu'elle se sent à l'aise en sa présence.

Carl se centre. La gravité soudaine de son visage fait oublier à Estelle son air juvénile et lui fait prendre conscience de son âge. Il doit avoir en réalité une quarantaine d'années, peut-être plus. Elle remarque ses rides, ses cernes, des cheveux blancs. « L'énergie d'une personne peut réellement modifier son aspect physique et la faire paraître plus jeune ou plus âgée », pense-t-elle.

– Il vivait avec elle depuis quatre ans. Il avait fait d'elle la femme de sa vie depuis le moment où ses yeux s'étaient posés sur elle. Il était fou amoureux. Il la connaissait depuis l'âge de dix-sept ans. Il avait mis quinze ans avant de lui déclarer sa flamme. « Elle sera la mère de mes enfants », se disait-il. Il la couvrait de cadeaux, l'emmenait dans de beaux endroits. Elle était froide, mais il pensait que c'était sa nature, que c'était dû à son enfance difficile. Il avait reçu tant d'amour de sa mère qu'il pouvait en donner sans attendre la même qualité en retour. Il se disait qu'à force de lui montrer le meilleur de lui, elle finirait par lui faire confiance et lui ouvrir son cœur. Résolu à lui demander sa main, il attendit de pouvoir lui offrir la bague idéale pour organiser une soirée qu'il voulait magique. Au restaurant, elle passa son temps sur son téléphone, mais il était aveuglé par l'amour qu'il lui portait. Il imaginait qu'une fois l'anneau à son doigt, tout changerait. Au milieu des tables pleines de monde, il se mit à genoux, l'écrin ouvert, et lui fit sa demande. Elle le regarda avec un air de mépris et s'écria : « Tu es malade... Tu ne vois pas que je fais tout pour que tu me quittes ? Tu es pitoyable. » Elle prit ses affaires et le laissa en plan. Il resta à genoux. Une serveuse l'aida à se relever. Hébété, il ne comprenait pas ce qui venait de se passer, persuadé qu'elle allait revenir. Mais non, elle ne reviendrait jamais : elle l'avait humilié, dévasté, détruit pour la vie.

Estelle est bouleversée par le récit de Carl. La consigne veut que l'écoute soit impassible, mais elle doit se faire violence pour retenir ses larmes.

– À mon tour, dit-elle en passant discrètement son petit doigt au coin de l'œil.

Elle s'apprête à parler de sa maisonnette pour oiseaux à la troisième personne, mais elle juge son histoire ridicule. Elle est tentée de mentir.

– Si ton récit est positif, ne te censure pas. Rassure-toi, j'ai fait mon travail de guérison. Je suis fier de pouvoir partager cette partie de ma vie sans m'écrouler. J'ai cru en mourir, je suis tombé dans une dépression profonde ; alors, la raconter me prouve que j'ai survécu, que je suis plus fort. Aujourd'hui, je suis reconnaissant d'avoir traversé cet enfer.

Confortée par les paroles de Carl, c'est sans plus d'hésitation qu'elle lui fait part de son souvenir d'enfance et ils retournent ensemble à la chapelle.

Chapitre VII

Une fois dans sa chambre, elle s'assied, le dos contre la tête de lit, pour écrire ses découvertes du jour :

> Je regarde le monde à travers mes filtres et mes croyances et, chaque fois, je reste étonnée quand je découvre un morceau de l'histoire de chacun. Je ne suis plus sûre de ce que mes yeux perçoivent, de ce que mes oreilles entendent ou de la nature de mes pensées.
>
> Plus les jours passent et plus je sens mes capacités de perception s'élargir. « Connais-toi toi-même et tu connaîtras l'Univers et les hommes. » J'ai lu cette citation de Socrate des dizaines de fois. Je la comprenais intellectuellement, à présent, je la vis. Apprendre à me connaître, me permet de faire de la place en moi pour accueillir la réalité des autres dans la mienne. En écoutant Carl tout à l'heure, j'ai pris conscience que je ne veux plus porter de jugement hâtif sur les autres. Certains peuvent vivre des événements dévastateurs qui les empêchent d'ouvrir leur cœur et d'aimer.

Estelle éteint la lumière et s'allonge. Elle pense encore à Carl. Elle n'aurait jamais pu survivre à une telle humiliation, pense-t-elle. Ses souvenirs douloureux lui reviennent en mémoire. Elle rallume la lampe et reprend son cahier :

> Je m'interroge sur l'empathie. Tout à l'heure, mon cœur s'est serré en écoutant la demande en mariage ratée de Carl. J'ai cru que je ressentais de la tristesse pour lui. En réalité, je pense que je me suis identifiée à lui. C'est sur moi que je versais des larmes intérieures. La compassion

me semble être d'une autre nature. Elle ne peut pas provenir du même endroit que la souffrance. Or, ce que j'ai éprouvé lors du récit de Carl avait pour origine la douleur. La compassion est un sentiment plus élevé. Je saurai que j'en éprouve le jour où je serai capable d'écouter une telle histoire sans me sentir triste, en étant réellement présente à l'autre. Car, en réalité, je n'étais pas là pour lui, j'étais coupée de lui. J'étais dans ma propre fiction, dans mon propre film. Si j'avais vraiment été présente, j'aurais constaté qu'il allait bien. Il parlait sans émotion. Certes, la distanciation engendrée par l'usage de la troisième personne a pu l'aider, mais il avait visiblement fait de cet événement une richesse et non un drame dont il ne parvenait à s'extirper. C'est moi qui n'arrive pas à me sortir de ma séparation. C'est un constat bien amer... J'ai encore du travail. Le partage de Carl me donne de l'espoir. Je serai, moi aussi, un jour, capable de raconter ce que j'ai vécu comme un film.

Elle éteint de nouveau et tente de dormir, en vain. Elle avait presque oublié ses insomnies. Fatiguée de ne pouvoir s'assoupir, elle se rhabille et décide de descendre à la tea room. Elle est éclairée. S'attendant à trouver un élève, elle est surprise d'y rencontrer Mama, assise sur un canapé, un livre dans une main, une tasse dans l'autre. Estelle reste à la porte, ne sachant si elle peut la déranger. Mama, sans lever les yeux de son livre, lui dit : « Entre, Estelle, sers-toi une infusion. » Comment sait-elle ? Cette femme a-t-elle des pouvoirs surnaturels ? Estelle en est persuadée. Elle entre, fait chauffer de l'eau et prend le temps de choisir son arôme. Mama la regarde enfin :

– Comment vas-tu ? Trouves-tu ce que tu es venue chercher ?

– Oui, je pense que je vais prendre une verveine. Cela m'aidera à dormir.

Mama sourit de la capacité du cerveau à distordre la réalité lorsqu'il préfère ne pas s'interroger ou répondre. Elle ne corrige pas Estelle, qui, après quelques secondes, se tape le front et répond :

– Ah, pardon, je croyais que tu parlais de la tisane.

Elle s'arrête là, trop confuse pour savoir ce qu'elle est venue chercher.

– Puis-je en profiter pour te donner ta quatrième rose ?

– Euh… oui…

– Le sujet que je te propose est : « Au manoir, quelle est la personne dont je me sens le plus proche et pourquoi ? Quelle est celle dont je me sens le plus éloignée et pourquoi ? »

– D'accord, Mama… Puis-je te poser une question ?

– Bien sûr.

– Est-ce que tu savais que j'allais venir à la tea room ce soir ?

Mama la regarde longuement avant de répondre :

– Je savais que je verrais l'un d'entre vous.

L'enseignante ne veut pas troubler son élève. Elle comprendra par elle-même un jour, elle en est sûre, la façon dont elle expérimente le monde.

Estelle remonte dans sa chambre et s'allonge sur le lit, espérant s'endormir, mais les questions de Mama l'en empêchent. « Quelle est la personne dont je me sens le plus proche ? Pourquoi ? » Estelle ne comprend pas l'intérêt de ce sujet. « C'est ainsi, se dit-elle, certaines personnes s'entendent naturellement mieux que d'autres, cela ne s'explique pas vraiment. » Ne parvenant toujours pas à rejoindre le monde des rêves, elle se relève pour prendre une des feuilles roses posées sur son bureau, note le sujet et pense à tous ceux qu'elle a rencontrés depuis son arrivée. Chacun a ses qualités propres, qui l'empêchent de faire un choix. En revanche, la deuxième partie de l'exercice lui semble plus facile.

« Quelle est la personne dont je me sens le plus éloignée ? »

Très naturellement, c'est le visage de Caroline qui me vient à l'esprit. La thérapeute qui dirige une maison d'hôtes, avec laquelle j'ai fait l'exercice « Raconte-moi, raconte-toi ». Je crois avoir été dérangée par le fait qu'elle semble coincée dans le passé. Ce qu'elle a vécu n'est pas agréable, mais il n'y a pas eu mort d'homme. Je trouve son mal-être disproportionné. Elle me donne l'impression de ne pas vouloir s'en sortir. Ruminer un événement ne permet pas d'avancer. Depuis que nous avons fait l'exercice, nous nous évitons. Je n'arrive même pas à la saluer. Je ne sais pourquoi. Peut-être risque-t-elle de réveiller ce que je n'ai pas envie de voir ?

Estelle s'arrête. « Réveiller quoi ? » se demande-t-elle, étonnée de la tournure que risque de prendre la suite de sa rose.

Si je veux être honnête, j'ai peur de Caroline. Je crains d'être comme elle. Je n'arrive pas à me défaire du passé. Je tourne en rond dans ma tête depuis deux ans. Ce n'est pas Caroline le problème, c'est ce qu'elle déclenche en moi qui m'insupporte. Ce n'est pas elle que je n'aime pas, je rejette la partie de moi que sa présence me révèle. Je ne veux pas la voir. Je veux aller mieux. Maintenant. Et Caroline me montre que ce n'est pas le cas.

« Quelle est la personne dont je me sens le plus proche ? »

Carl, bien sûr. J'ai l'impression de le comprendre. Je le trouve courageux. Il a subi le pire des rejets et, pourtant, il se donne à l'autre et ne redoute pas de se montrer vulnérable. Il n'a pas honte de sa vie. Si j'avais traversé cette épreuve, je n'en aurais jamais parlé. Je l'admire et l'envie. J'aspire à la liberté qu'il s'est offerte en se détachant du regard d'autrui et de son histoire épouvantable. En réalité, ce sont les sentiments positifs que Carl fait naître en moi qui me font l'apprécier, ce n'est pas la personne qu'il est que j'aime.

Peut-on réellement aimer l'autre en dehors de soi ? Peut-on détester l'autre en dehors de soi ?

Estelle pose son stylo, repasse mentalement en revue l'ensemble des élèves et reprend l'écriture :

J'ai toujours envisagé autrui à l'extérieur de mon expérience. Je déteste telle personne parce qu'elle a tel défaut. J'entre en relation avec ceux auxquels je prête certaines qualités, alors qu'au fond, ce que je ressens n'est lié qu'à moi. Quoi que j'éprouve, cela parle de moi, pas de l'autre. C'est l'idée que je m'en fais qui crée la nature de la connexion.

L'image de Caroline lui revient à l'esprit, elle sourit avec tendresse. Elle comprend qu'en cessant de rejeter les parties d'elle qu'elle abhorre, elle acceptera l'autre tel qu'il est.

Estelle bâille. Elle s'endort enfin pour être réveillée par la cloche à peine trois heures plus tard.

Chapitre VIII

Au manoir depuis trois semaines, Estelle se délecte de sa transformation. Chaque exercice la rapproche d'elle-même, de la vie, des autres. Son corps ne lui sert plus de rempart érigé pour la protéger d'un monde qu'elle percevait comme dangereux, elle ne se sent plus prisonnière à l'intérieur.

Il est 4 h 35. Stéphane n'est pas encore arrivé. Estelle s'étonne de constater que son cerveau ne la torture pas de ce retard inhabituel. Perd-elle son besoin de contrôle sur son environnement et apprend-elle à accepter ce que la vie lui offre ?

C'est finalement Mama qui prend place sur l'estrade sans s'attarder sur l'absence de Stéphane.

– Aujourd'hui, vous méditerez sur la phrase : « Mon corps est à l'intérieur de moi. » Vous la répéterez intérieurement et observerez comment elle agit sur vous. Vous avez cinquante minutes.

Avant de commencer l'exercice, Estelle prend le temps de se centrer en focalisant son attention sur sa respiration. « Mon corps est à l'intérieur de moi. » Elle répète ce mantra sans discontinuer. Jusqu'à ce qu'elle ressente ses poils se hérisser et des picotements à la surface de son crâne. Puis elle perd conscience de sa densité physique. Ses molécules semblent ne plus se distinguer de celles du sol sur lequel elle est installée. Elle ne sait plus si elle est assise ou debout, petite ou grande, elle perd tout repère spatial. Le vide autour d'elle s'emplit d'une énergie palpable qui se meut au rythme d'ondes qu'elle perçoit dans son ventre. Elle a l'impression que son corps tangue, alors qu'il est parfaitement immobile. Soudain, les battements de son cœur s'accélèrent, l'angoisse enserre son plexus solaire et sa gorge. Sans en comprendre l'origine, la peur de ne plus exister l'étreint. Elle ouvre les yeux pour s'assurer qu'elle est bien vivante.

Mama fait tinter le bol tibétain pour annoncer la fin de l'exercice et le suivant.

– Pour la méditation marchée de ce jour, je vous propose de commenter intérieurement tout ce que vous faites à la troisième personne. Par exemple : « Elle est assise, elle parle, elle ressent une douleur au talon droit... »

Sans autre indication, Mama se lève en boitant légèrement et quitte le belvédère. Estelle entame cette nouvelle expérience avec excitation. Souriante, elle regarde les autres élèves en espérant trouver des regards complices, mais chacun garde la tête baissée.

« Elle chausse ses baskets, elle marche en écoutant le bruit de ses chaussures sur le gravier. Elle avance sur l'herbe parce qu'elle a envie de silence pour s'entendre penser. Elle s'éloigne pour ne pas être déconcentrée par les autres élèves. L'exercice l'amuse. Elle regarde autour d'elle... »

Rien ne se passe. Malgré son enthousiasme, son nouveau dialogue intérieur n'engendre aucun changement. Déçue, elle s'allonge sur l'herbe et rêvasse à la troisième personne jusqu'au retentissement de la cloche l'autorisant à remonter dans sa chambre. C'est la première fois qu'elle ne tire aucun bénéfice d'un exercice.

Cela ne l'empêche pas pour autant de continuer sur ce mode jusqu'à son entrée dans la chapelle pour assister au premier cours. Après avoir salué ses élèves, Mama demande à l'assemblée si quelqu'un souhaite s'exprimer avant qu'elle ne donne le prochain sujet d'étude. Barbara n'attend pas sa permission pour se ruer sur l'estrade et prendre la parole :

– J'aimerais vous parler de la première méditation de ce matin sur la phrase « Mon corps est à l'intérieur de moi ». Il m'a été difficile d'entrer dans l'exercice, car je ne pouvais imaginer mon gros corps à l'intérieur d'un moi. M'envisager comme le contenant de mon enveloppe charnelle était une idée étrange. Pourtant, j'ai répété l'énoncé sans interruption, jusqu'à me sentir entrer dans un autre plan de conscience. Je n'avais pas de fin, pas de début. Non seulement mon corps était à l'intérieur de moi, mais tout ce qui existe l'était.

En l'écoutant d'une oreille, Estelle observe Barbara. Elle se dit que leur amitié n'aurait pu être possible en dehors du manoir tant elles sont différentes. Son exubérance, son air négligé, ses interventions intempestives pendant les cours n'auraient pas été du goût de celle qui contrôle ses moindres gestes. Sans doute ne l'aurait-elle pas aimée.

– … Je suis devenue l'infini, poursuit Barbara. L'espace d'un instant, je vous ai ressenti comme des vibrations. Vous n'étiez plus des entités physiques distinctes de moi. Nous étions entremêlés. Nous avions la forme d'ondes qui s'entrechoquaient pour finir en une seule et unique, nous harmonisant et résonnant à la même tonalité. Cette expérience m'a fait ressentir de l'amour pour chacun de vous. J'ai envie de vous remercier pour cela. Merci à toi aussi Mama de nous donner ces opportunités de découvrir des espaces inconnus et presque divins.

L'enseignante offre à son élève un sourire et un signe de tête en guise de réponse. Barbara n'a pas besoin de mot pour sentir la gratitude et l'amour de son maître spirituel. Elle sourit à son tour et retourne à sa place.

– Je ressens que certains d'entre vous êtes frustrés par la méditation marchée de ce matin. Peut-être souhaiterez-vous continuer l'exercice en vous défaisant de la marque du possessif. Ainsi, vous remplacerez, par exemple, « Elle lave ses mains » par « Elle lave des mains ». Soyez patients, votre mental finira par lâcher prise et vous apprendrez à habiter une partie de vous encore inconnue ou ignorée.

Chapitre IX

Estelle se réveille avant le retentissement de la cloche. Elle a passé la journée précédente à se parler à la troisième personne. Assise sur son lit, elle ne réalise pas encore que la personnalité « Estelle » a laissé place à une autre conscience. Les pensées qui la traversent habituellement semblent absentes. Pendant un temps indéfini, elle reste immobile, les yeux perdus dans le vague. Elle sait qu'elle est un corps, mais une part d'elle manque. Sa chambre lui paraît différente. Les objets qui lui étaient si familiers ont cessé de l'être. Elle veut se lever, mais demeure sur le lit, presque malgré elle. Pourtant, dès que son cerveau entend le signal indiquant l'heure du lever, son corps se retrouve dans la salle de bains sans qu'elle ait été à l'origine du mouvement.

Assise sous le belvédère, méditer lui semble moins pénible que jamais auparavant. Alors qu'elle se prête à l'auto-observation, elle discerne qu'elle n'est plus une entité. Elle a l'impression d'un décollement intérieur. Une partie reste statique, immobile, tandis que l'autre est en mouvement. Et elle peut faire le choix délibéré de passer d'un univers à l'autre.

Estelle goûte ces nouvelles sensations sans chercher à les analyser, de peur de perdre ce qui se crée en elle.

La méditation marchée est la même que celle du premier jour : regarder tout ce qui l'entoure comme pour la première fois, sans rien nommer. Aussi reprend-elle son rôle d'extraterrestre chargé de contempler la vie des humains. Les impressions ressenties sont plus intenses et moins fugaces qu'à son arrivée au manoir. Le nom de ce qu'elle observe n'apparaît plus automatiquement dans son esprit. Elle est à présent en mesure de discerner des détails qui allaient directement se ranger dans son subconscient.

Avant cet instant, un arbre était un arbre, l'herbe était l'herbe, une rose était une rose. L'image se formait dans son cerveau dès qu'elle nommait l'objet, et ce n'était plus ce qui était devant elle qu'elle voyait. Tandis qu'elle s'approche d'un arbre pour en examiner l'écorce, elle remarque de la sève s'en écouler à certains endroits et des traces blanches apparaître à d'autres. Elle voit les excroissances, les petites feuilles, les irrégularités. Un monde nouveau se dessine devant ses yeux. Cet objet de la nature est à présent déterminé par une infinité d'éléments qui, lorsqu'on appose le nom d'arbre, se perdent, s'occultent, cessent d'exister individuellement. Désormais, elle ne simule plus, c'est réellement la première fois qu'elle voit cet arbre. Le monde devient abondance. Ses yeux pétillants d'enchantement scrutent le ciel sans nuage. Pourquoi son cerveau est-il constamment absorbé par le passé quand le présent est empli de merveilles, quand il y a tant à apprendre ?

Plus tard, c'est encore dans un état méditatif qu'Estelle déjeune sur l'herbe. Tandis qu'elle écale son œuf lentement, elle s'étonne de la sensation désagréable de la coquille sous ses doigts. Portant un verre à ses lèvres, elle en apprécie la fraîcheur. Avec une impression d'immobilité, alors que sa poitrine se soulève et revient en place au gré de sa respiration, elle ressent des fourmillements traverser son corps, les battements de son cœur, les micromouvements de son visage. Les pensées continuent d'apparaître et disparaître, lorsque l'une d'elles retient son attention : « Mon corps n'a pas besoin de moi pour faire son travail. Je pourrais être une autre personne, lui continuerait son activité. » Elle a tant l'habitude de s'identifier en tant qu'Estelle, d'être Estelle, d'incarner Estelle, qu'elle se fond totalement dans cette personnalité. À cet instant, elle est une conscience faisant l'expérience d'Estelle.

Barbara, qui prend place à ses côtés, la ramène instantanément dans le monde de la matière. Les deux femmes sont inséparables. Estelle a su dépasser tout ce qui l'aurait rebutée chez sa nouvelle amie pour ne voir que son authenticité, sa capacité d'amour, son intelligence.

Le regard d'Estelle s'est plusieurs fois posé sur les poignets tailladés de Barbara, sans jamais oser aborder le sujet. Pourtant, ce jour-là, elle se sent autorisée à en parler :

– Moi aussi, il m'est arrivé de vouloir cesser de vivre, mais je ne suis jamais passée à l'acte.

Barbara regarde ses avant-bras. C'est en continuant de mâcher qu'elle répond :

– Oui, j'ai pensé à tatouer mes cicatrices, mais elles font partie de moi. Chaque fois que je les regarde, je me rappelle ce à quoi j'ai survécu. Ces marques viennent de mon adolescence, lorsque je ne supportais plus ce que mon beau-père me faisait. Il y a quatre ans, j'ai recommencé avec des médicaments. C'est après cette deuxième tentative que j'ai entendu parler de Mama. Je ne me souviens pas si je te l'ai déjà dit, mais c'est mon quatrième séjour au manoir. La première fois que je suis entrée ici, je portais de gros pulls, je mettais mes cheveux sur le visage pour qu'on ne me voie pas. Je ne parlais à personne, Mes poignets sont le témoignage du chemin parcouru pour être celle que je suis aujourd'hui et j'en suis fière. Je refuse de les cacher.

– Tu as fait les mêmes exercices à chacune de tes retraites ?

– Non, Mama propose les activités en fonction de l'énergie du groupe. Ce stage est le plus spirituel de ceux auxquels j'ai participé... Je pense que c'est lié à ta présence.

– Pardon ? s'étonne Estelle. Je doute d'être à l'origine des choix de Mama...

– Je ne sais pas... j'ai remarqué une connexion spéciale entre vous. Et tu as cette aura autour de toi...

Estelle est dubitative. Elle sait que Barbara voit le monde à travers un filtre dans lequel les autres ont toujours plus d'importance qu'elle. Elle préfère changer de sujet :

– Sais-tu pourquoi on l'appelle Mama ? Cela ne peut pas être son vrai prénom, n'est-ce pas ?

– Elle ne l'a jamais dit, mais il se raconte que sa famille lui a donné ce surnom lorsqu'elle était enfant, car elle prenait soin de tous et tenait déjà des propos emplis de sagesse.

Estelle sourit intérieurement. Elle ne croit guère à cette légende. Si elle avait été un maître spirituel, elle aussi se donnerait un nom qui évoque des sentiments positifs et s'inventerait une histoire aussi mignonne que celle-ci. Elle s'en veut de son incrédulité, mais elle sait que les personnes publiques aiment inventer des personnages pour marquer davantage les esprits de ceux qui les aiment. Cela fait partie du jeu.

Le tintement de la cloche leur indique qu'il est l'heure de rejoindre la chapelle pour la deuxième partie de la journée. Les deux femmes entrent dans le Soleil, comme l'appelle désormais Estelle. Barbara aime se trouver au milieu des autres élèves et Estelle a encore besoin de sa place au premier rang.

– Oh, l'énergie est différente cet après-midi ! s'exclame Mama en s'installant. Si vous le voulez bien, fermons les yeux quelques minutes pour ressentir les nouvelles vibrations que nous avons créées.

Les élèves baignent dans une atmosphère aérienne et fluide. Leurs pensées, influencées par la légèreté qui les entoure, sont positives et ouvertes aux autres. Leurs gestes sont calmes.

– Lorsque vous cessez de vous identifier à vos histoires personnelles et à votre passé, poursuit Mama, vos pensées perdent leur emprise sur vous et vous pouvez goûter à la nature du moment présent. Votre énergie vitale augmente. Si vous en avez envie, vous pouvez aller plus loin en devenant l'observateur extérieur de votre corps et de ce qu'il accomplit. Au lieu de parler à la troisième personne, vous direz ceci : « Le corps est assis, le corps marche, le corps parle, etc. » Le but est de vous détacher des pensées qui vous traversent et de vous offrir la rencontre d'un « vous » au-delà de la personnalité. En attendant de faire cet exercice optionnel, je vous propose de constituer des groupes de trois et d'échanger vos découvertes de ces derniers jours. Prenez le temps de vous écouter les uns les autres sans vous couper la parole, concrètement ou dans votre tête. Soyez curieux des apprentissages de vos camarades.

Estelle prend pour elle cette mise au point de Mama. Elle s'évertue à ne jamais interrompre ses interlocuteurs et se montre dédaigneuse à l'égard de ceux qui dérogent à cette règle rudimentaire de savoir-vivre, comme elle aime le dire, mais, intérieurement, il en va autrement. Lorsqu'elle fait mine d'être attentive aux récits de ses amis, elle est en réalité centrée sur ses propres pensées, préparant ses réponses et attendant impatiemment que l'autre ait fini de parler pour lancer sa réplique ; ou alors, elle est dans le jugement.

Les trinômes se forment naturellement. Chacun a appris à répondre à l'énergie du moment et se laisse guider intuitivement vers ceux qui vibrent à la même fréquence. Estelle accueille les témoignages qui lui sont offerts sans se cloîtrer dans sa tête. Elle s'ouvre aux expériences, aux mots et aux émotions partagés avec confiance. Elle se sent intimement connectée à ses partenaires. Quand, à son tour, elle reçoit la même qualité d'écoute, elle remarque qu'elle s'autorise à en dire davantage, elle ose exprimer son cœur, et peut-être même son âme. Les trois élèves fusionnent en une seule entité, car l'expérience de l'un devient celle de l'autre.

Chapitre X

« Le corps est réveillé par la cloche, le corps est fatigué. Le corps veut rester au lit. Le corps finit par se lever. Le corps se dirige vers la salle de bains. Le corps ouvre le robinet, vérifie la température et entre sous la douche. Le corps sent l'eau chaude couler sur lui. Le corps se réveille petit à petit. Le corps rince le savon… Le corps ouvre la porte, le corps referme la porte. Le corps longe le couloir, le corps descend les escaliers. Le corps arrive au belvécère. Le corps s'assoit. »

Le corps d'Estelle devient une expérience envisagée par un observateur qu'elle ne sait pas situer dans l'espace. Est-il à l'intérieur d'elle ou au-dessus ? Désorientée, elle a le sentiment qu'il est régi par une force en dehors d'elle et de sa volonté. Qu'il agit par lui-même. Elle n'est jamais véritablement consciente de ce qu'il fait.

Stéphane présente la première méditation de la journée. Elle ne prend pas la peine d'ouvrir les yeux pour l'observer, comme dans les premiers jours. Elle le sent malheureux, alors qu'elle croit avoir trouvé le chemin du bien-être éternel. N'entrant plus en résonance avec la souffrance de Stéphane, elle ne ressent plus le besoin de le connaître. Elle le sent habité par une énergie sombre, et son calme, qu'elle admirait au début, s'est mué progressivement en apathie, voire en désespoir. Lorsque nous manquons de clarté sur nous, nous ne pouvons qu'en être dénués pour les autres, conclut-elle.

Au manoir depuis huit semaines, Estelle se dit heureuse, même si elle appréhende son retour à Paris auprès des gens « normaux ». Qu'en sera-t-il de sa belle sérénité lorsqu'elle devra faire face à la nervosité et l'agressivité parisienne ? Elle se demande si elle pourra entrer en communication avec ses amis.

Sauront-ils comprendre la personne qu'elle est devenue ? Elle sent sa poitrine s'alourdir. Il est aisé d'être en paix dans cet endroit enveloppé de spiritualité, de bienveillance et de repères, mais la vraie vie est sans cesse changeante et surprenante. Estelle a le sentiment que, dans ce monde-là, elle doit rester alerte pour éviter les dangers qui peuvent survenir à tout instant, mais peut-être est-ce à elle d'apporter sa nouvelle énergie dans son environnement ?

De retour à la chapelle, les occasionnelles salutations silencieuses en deviennent presque un plaisir. Elle aime se promener et poser son regard sur ses camarades. Elle a appris à y mettre bienveillance, amitié, soutien, présence, soulagement, joie... Il n'y pas si longtemps encore, ses yeux ne laissaient transparaître que tristesse et découragement alors que son corps transpirait la colère.

Après le cours, elle rejoint son amie Barbara. Bien qu'elle lui ait raconté nombre d'anecdotes de sa vie, Estelle a préféré taire l'épisode de sa séparation, craignant de n'être définie qu'à travers cette épreuve et de replonger dans les souvenirs lui rappelant cette image d'elle qui lui est insupportable.

À la fin du déjeuner, Barbara lui propose une promenade le long de la rivière bordant le parc du manoir. Avançant d'un même pas, son amie garde un silence qu'Estelle pressent porteur de mauvaises nouvelles.

– Tu veux me dire quelque chose ? finit-elle par lui demander.

– J'en ai parlé à Mama hier et je voulais te l'apprendre avant d'en faire l'annonce à tous. Je quitte le manoir à la fin de la semaine. Je sens que j'ai appris tout ce dont j'ai besoin pour le mettre en action dans mon quotidien.

Barbara continue d'évoquer les raisons de son départ, mais sa camarade est hermétique à ses paroles. Ses membres se crispent, son visage se durcit, son cœur bat si fort qu'il lui fait mal. Refusant de céder au flot émotionnel qui s'abat sur elle, Estelle finit par prononcer le seul mot qui parvient jusqu'à ses lèvres : « Ok ».

Barbara redoutait cette annonce, car elle savait combien Estelle en serait affectée.

Toutes deux rentrent au manoir. Barbara prend le chemin de la chapelle, Estelle celui de sa chambre. Elle s'allonge sur son lit, résiste tant qu'elle peut à ce qui lui écrase la poitrine, mais elle doit se résoudre à lui donner libre cours. Elle laisse alors son chagrin s'écouler le long de ses joues et se prolonger dans ses sanglots. Ses pensées sont envahies de toutes les fois où elle s'est sentie abandonnée. Les souvenirs d'enfance se mêlent à ses douleurs d'adulte. Chaque perte et chaque trahison lui reviennent en plein cœur, et ce qu'elle a cru avoir acquis au manoir s'évapore.

Elle ne veut plus être ici. Elle a envie de rentrer. C'est une perte de temps. On lui a fait croire que c'était possible, mais rien n'a changé. Il a suffi d'une déception pour retrouver les blessures si familières. Cette fois, la chute est vertigineuse, car elle a goûté à l'espoir d'un esprit en paix et d'un cœur confiant. La vie est injuste, se répète-t-elle. De l'apitoiement sur son sort, Estelle passe à la colère envers Barbara. Pourquoi ne l'a-t-elle pas préparée à son départ, pourquoi l'a-t-elle laissée croire qu'elle pouvait se reposer sur leur amitié ?

Après avoir déversé sa tristesse sur son oreiller, son esprit est vidé. Elle se redresse et, machinalement, des phrases défilent dans sa tête : « Le corps est assis sur le lit, le corps a arrêté de pleurer, le corps n'a plus de larme, le corps est fatigué de pleurer, le corps a soif, le corps ne veut pas se lever. »

Retrouvant son calme, elle se demande d'où vient ce déferlement d'émotions. Elle sait qu'elle reverra Barbara. Leur amitié est solide et sincère. Elle aurait dû être heureuse pour elle et voir dans son départ la perspective du sien proche. Que lui est-il arrivé ? Elle se compare à un enfant gâté à qui l'on a refusé un jouet. Elle se souvient de toutes les fois où la vie ne s'était pas déroulée comme elle l'aurait voulu et qu'elle en avait été dévastée. « Il faut vraiment que tu apprennes à gérer tes émotions ! » se dit-elle. Elle regarde sa montre. Il est dix-huit heures. Elle n'a pas vu l'après-midi passer.

Une phrase de Mama lui revient en mémoire. Elle n'y avait pas prêté attention et s'étonne de la voir ressurgir à cet instant : « La souffrance ne peut nous poursuivre que si nous essayons de la fuir. »

Estelle attend la fin du dîner pour rejoindre Barbara dans sa chambre. Celle-ci lui ouvre la porte visiblement heureuse de la voir et l'invite à s'asseoir sur le lit.

– Excuse-moi, commence Estelle, confuse. J'ai été injuste envers toi. Je ne t'ai même pas demandé ce qui t'avait amenée à prendre cette décision, ni comment tu allais, ou si tu appréhendais ton retour. Je suis désolée de ne pas avoir été une amie pour toi.

–Sais-tu ce qui t'est arrivé ?

– Pas vraiment. Je me suis retrouvée submergée et je n'ai pas trouvé les ressources pour me raisonner. Je suis habituée à ces réactions incontrôlables, mais je croyais m'en être libérée au manoir.

– En si peu de temps ? Tu me permets de te faire part de ce que j'ai appris ici ?

– Oui, bien sûr.

– Quand nous sommes dans un lieu comme le manoir, tout est simple. Nous avons l'impression d'avancer à toute allure. Nous sommes soutenus, nos prises de conscience sont presque quotidiennes. Nous nous comprenons mieux, nous créons des liens forts, mais nous oublions l'essentiel : notre souffrance ne s'est pas envolée miraculeusement.

Elle se tait pour laisser Estelle s'approprier cette idée. Elle sait que son départ n'est pas à l'origine de son état : il n'est qu'un déclencheur de ce qui l'habite depuis longtemps.

– Tu veux dire que nous ne pouvons pas guérir ?

– Ce qui nous a amenés dans ce lieu ne nous a pas quittés comme par magie parce que les circonstances de la vie sont meilleures. C'est toujours là, quelque part dans notre cœur et notre corps. Si nous n'en prenons pas soin, si nous ne l'écoutons pas, la peine ressurgit dès qu'un événement déplaisant survient. Malgré nos partages, j'ai toujours eu l'intuition que tu as gardé pour toi certains épisodes de ta vie. Je peux imaginer pourquoi, mais, pour l'avoir traversé, je peux affirmer que nous ne pouvons pas nous dire guéris si nous ne sommes pas en mesure de dire notre histoire, et d'être capables de la raconter telle que nous l'avons vécue, pas comme nous voulons qu'elle soit entendue. Si ce n'est le cas, nous en restons prisonniers. Pourquoi es-tu venue me voir ce soir ?

Estelle prend le temps de se sonder avant de répondre.

– J'ai pleuré. Sur moi, ma vie, mon passé. Une fois calmée, j'ai pris conscience que j'avais mal agi envers toi.

– Tu n'as rien à te reprocher. Tu as fait ce qui était à ta mesure. C'est ce dont je parle. En laissant tes émotions exister, tu as trouvé le chemin de la clarté.

– Oui, c'est vrai. Je ne m'étais jamais laissé aller ainsi. Seules la colère et la rage trouvaient écho en moi. J'en voulais à l'autre, je ressassais ses paroles et ses actes, j'imaginais ce que j'aurais dû dire et faire, mais je ne m'autorisais jamais à ressentir mes véritables émotions. L'ancien moi les considérait comme un aveu de faiblesse.

– M'as-tu entendu lorsque je t'ai dit pourquoi j'ai choisi de quitter le manoir maintenant ?

– Non, répond Estelle avec culpabilité.

– J'ai compris que les déclencheurs de mes schémas négatifs existeront toujours. Je suis revenue à chaque fois que je me suis sentie précipitée dans mes habitudes destructrices ou que je n'arrivais plus à gérer ma vie. En réalité, je n'étais pas en train de guérir, mais de fuir. Nous ne le percevons que trop tard. Nous emmagasinons du stress, des émotions que nous ne voulons pas entendre, des frustrations et nous croyons faire face. Jusqu'à ce qu'un imprévu, parfois insignifiant, nous terrasse. J'ai décidé de prendre soin de moi, de toutes ces sensations dès qu'elles naissent et de les écouter. Ce n'est pas l'extérieur ou le comportement des autres qui donne une définition de nous. J'ai vécu des atrocités. On m'a toujours dit que je devais pardonner si je voulais m'en sortir. J'ai essayé. En vain. Mon état dépressif et ma haine de moi ne me quittaient pas. Je luttais contre ce qui était et voulais que rien ne me soit arrivé. Dans ma tête, il n'y avait de place que pour mon histoire, que je revivais en permanence. Le manoir est le seul endroit où l'on ne m'a pas dit que ma santé mentale ne pouvait passer que par le pardon que je devais accorder à mon prédateur. Ici, j'ai appris que le véritable acte d'amour envers moi est de m'accueillir dans tout ce que je ressens sans rejeter, occulter ou juger ce qui cherche à s'exprimer. Je suis grosse, je porte des tatouages, j'ai les poignets tailladés et, pourtant, je ne veux rien changer. Absolument rien. J'ai accepté que certains ne m'aimeraient pas, me moqueraient ou se détourneraient. Le comportement d'autrui à mon égard n'a plus d'importance. Le regard de l'autre avait un tel impact que j'en avais arrêté de vivre. Maintenant... maintenant, je comprends que la façon dont ils me perçoivent parle d'eux, jamais de moi. Cette conscience n'a pu s'installer que lorsque j'ai accepté tout ce qui me traverse. Car, en me comprenant, en m'acceptant et en m'aimant, je me libère de ce que l'on pense de moi et je peux rencontrer l'autre dans sa réalité.

– Je comprends intellectuellement ce que tu dis, mais je ne sais comment le mettre en œuvre.

– Que ressens-tu à l'idée de me raconter ton histoire ?

– De la honte. La honte de m'être laissé faire, d'être une personne qui a vécu cela. De la peur aussi. Je crains que mon image change dans l'esprit de ceux qui sauront. De la colère, parce que j'ai été traitée avec injustice.

– Et dans ton corps, que ressens-tu quand tu t'imagines me parler de cette part de toi ?

– J'ai le cœur qui bat, j'ai du mal à avaler. Je n'ai pas envie d'être là. Je me sens abattue, découragée. Je baisse la tête, j'ai mal à la gorge. J'ai l'impression de m'être démenée toute ma vie pour créer une image et qu'à cause de ce que j'ai vécu, tout s'écroule. Je ne suis qu'un château de sable.

– Qu'est-ce qui est le plus important pour toi ? Garder ton image intacte ou être libre ? Garder ton image intacte ou être authentique ? Tu veux que les gens t'aiment toi ou le personnage que tu as créé ?

– Je sais…, mais je ne trouve pas le courage. Je suis terrifiée.

– Tu as peur parce que c'est un monde inconnu. Il n'y a pas grande différence entre toi qui portes un masque aujourd'hui et moi qui mettais mes cheveux devant les yeux pour qu'on ne me voie pas. J'ai réussi à dépasser cela, tu peux y arriver aussi. Tu as écouté des dizaines d'histoires différentes ici, est-ce que tu portes un jugement sur ceux qui les ont vécues ? Les trouves-tu faibles ou minables ?

– Non, au contraire, j'admire profondément les personnes capables de s'ouvrir aux autres comme Carl, Paula ou toi. Vous êtes devenus des exemples pour moi, et j'envie votre liberté.

– Laisse mûrir. Cela fera son chemin. Ne force pas. Je suis fière de toi et de ce que tu as fait pour toi aujourd'hui. Tu as laissé libre cours à ton chagrin. Tu apprends à t'écouter et t'entendre.

Estelle approuve intérieurement. Avant, elle aurait participé au cours, tête haute. Elle en aurait voulu à Barbara, aurait sûrement cessé de lui parler et aurait occulté les véritables émotions liées au départ de son amie.

– Barbara… Estelle s'arrête un instant pour reprendre, je te suis reconnaissante d'avoir pris le temps de partager avec moi ce que tu as tiré de ton enseignement.

– Je te remercie également, Estelle. Peu savent écouter comme tu le fais.

Les deux femmes se prennent dans les bras, se disant que l'amitié qui les unit est de celles qui durent une vie.

Chapitre XI

Le lendemain, c'est en retard qu'Estelle se présente à la chapelle, car elle a pris soin de noter sa conversation de la veille. Apercevant Barbara sur l'estrade, une feuille rose à la main, elle prend place au fond de la salle pour ne pas déranger l'attention des élèves.

– Comme vous le savez, Barbara nous quitte demain. Elle a souhaité vous lire l'une de ses roses, aussi je lui laisse la parole.

Avec une délicatesse inhabituelle, Barbara entame sa lecture :

En arrivant la première fois au manoir, mon intérieur était mort. Mon visage était fermé aux autres, mon cœur l'était à la vie. Je ne trouvais plaisir à rien. Je m'asseyais au fond de la salle et regardais les participants, les détestant et les enviant à la fois. Au fil des exercices et partages, je me suis ouverte et j'ai découvert que l'être humain est bon. Il nous suffit de lui laisser la chance de nous le montrer au lieu de le juger et le condamner sur des actions sur lesquelles il n'a pas toujours la maîtrise. Enfermer l'autre dans l'une de nos cases mentales est aisé. Il est plus difficile de le comprendre, l'accepter, l'aimer tel qu'il est. Je me suis déjà ouverte à vous sur ce sujet, mon beau-père a abusé de moi pendant des années avec la complicité passive de ma mère. Pour qu'il ne me désire plus, j'ai grossi. Je me suis enlaidie. Plus tard, j'ai essayé de perdre ce poids. En vain. J'ai alors appris que mon inconscient s'y refusait, car il craignait que l'abus ne se reproduise. Je menais une bataille intérieure entre mon mental qui voulait me voir jolie et mince, et mon inconscient qui voulait me protéger. Je haïssais tout de moi. C'était le cercle vicieux dans lequel je m'étais emmurée avant d'arriver dans ce lieu. Ici, j'ai appris que j'étais aimable au-delà de mon histoire et de mon image. J'ai découvert que j'étais drôle, empathique, utile. J'ai surtout compris qu'il était de ma responsabilité de donner une définition de moi. Avant le manoir, je me cherchais dans les autres et j'étais désespérée de n'y trouver que davantage de ce que je détestais chez moi. J'ai pris conscience que c'est à moi de dire qui je suis et ce « qui je suis » n'est pas figé. Il évoluera en fonction de mes expériences et de mes rencontres. Hier matin, j'étais quelqu'un ; hier soir, après une longue conversation avec Estelle, j'étais une autre. Si mon regard sur moi est figé sur un événement passé, je ne m'offre pas la possibilité de voir combien le « qui je suis » se meut et varie. La vie et l'humain ne me font plus peur. Ils ne sont plus une menace. Il y aura des moments de joie et d'autres difficiles. Il y aura des moqueries, des trahisons, des coups durs ; il y aura aussi du bonheur, de l'amour, du rire. En toutes circonstances, je prends la décision de me choisir et j'ai l'impression qu'ainsi, je laisse à l'autre la liberté de m'aimer ou pas. J'en suis arrivée à la conclusion que le manoir s'est transformé en lieu de fuite pour moi. À la moindre difficulté, j'y revenais comme on retourne dans les bras d'une maman lorsque la vie devient adversité. J'ai les outils pour trouver refuge en moi. Partir est un acte d'amour et de confiance en moi. Pour la première fois, j'ai l'impression de savoir ce que signifie « être vivante ». Pour la première fois, j'ai envie de vivre, et je veux le faire au milieu des autres. Quel que soit le regard qu'ils poseront sur moi, le mien sera fait d'amour et de compréhension. Nous en avons tous besoin, qui que nous soyons. Je vous remercie pour tout ce que vous m'avez apporté. Mes au revoir ont un goût d'adieux. C'est à la fois amer, parce que je ne verrai plus vos visages que dans ma tête, et sucré, car je me délecte par avance de tout ce que la vie m'offrira. J'ai replongé dans l'écriture de cette rose hier soir. Elle m'a permis de clarifier le chemin parcouru jusqu'à cet instant. Je tenais à vous la lire, parce qu'il me semble qu'elle peut résonner en certains.

Son intervention terminée, elle se tourne vers Mama.

– Merci, Barbara. En ton honneur, j'ai souhaité que cette journée soit festive, aussi les cours sont annulés. Ce soir, nous nous retrouverons autour d'un buffet spécial et la chapelle sera transformée en salle de danse. Et avant que tu ne rejoignes tes amis, j'ai un présent pour toi.

L'un des participants s'approche avec un paquet qu'il tend à Mama. Celle-ci regarde longuement son élève avant de le lui remettre. Après avoir déchiré avec empressement le papier cadeau, Barbara écarquille les yeux de sidération. Les participants du premier rang peuvent voir sa poitrine se soulever d'émotion. Des larmes venues d'un endroit longtemps oublié coulent sans qu'elle les retienne.

– Comment as-tu su ? demande-t-elle à l'enseignante d'une voix à peine audible.

Estelle s'approche de l'estrade pour assurer son amie de sa présence et peut-être curieuse de la scène qui se déroule devant les yeux interrogatifs des participants. Mama garde le silence. La question n'appelle pas de réponse. Barbara, tenant le lapin sur ses genoux, en explique le sens à l'assemblée.

– Mon papa est décédé le lendemain de mon cinquième anniversaire. La veille, il m'avait offert une peluche exactement comme celle-ci. Il avait ajouté que chaque fois que je la prendrais dans mes bras et la serrerais très fort, il serait près de moi et me protégerait. Je l'ai gardée des années. J'avais l'impression qu'il était toujours avec moi. Ma peluche m'accompagnait partout.

Lorsqu'à treize ans, mon beau-père sortait de ma chambre, je l'étreignais et suppliais mon père de me venir en aide. Un jour de désespoir, j'ai jeté le jouet dans le feu de la cheminée en débitant les pires horreurs contre mon père. Je lui en voulais de m'avoir abandonnée, de m'avoir menti. Il n'était plus là et j'étais seule. J'ai presque aussitôt regretté mon acte. C'était la dernière chose qui me restait de lui et je l'avais mise au feu. C'est après cet événement que j'ai voulu mettre fin à mes jours. Avant de poursuivre son récit, elle lève ses poignets afin que tous soient témoins de ses cicatrices. Recevoir cette peluche aujourd'hui est une forme de réparation. J'ai l'impression de retrouver une partie de moi que je croyais enterrée depuis longtemps. Je ne comprends pas comment tu as su, mais peu importe. Tu m'as rendu l'un des biens les plus précieux que j'aie jamais eu.

Elle baisse les yeux vers son lapin. Des larmes de gratitude, de joie, de mélancolie inondent son visage. Un sentiment d'amour dont chacun peut se sentir enveloppé envahit la chapelle. Puis elle reprend :

– J'aimerais formuler une demande. Je voudrais… je voudrais vous passer la peluche et que chacun d'entre vous la prenne dans ses bras. J'aurai l'impression que je vous emporte avec moi. Mama, je ne pourrai jamais te remercier à la mesure de tout ce que tu m'as apporté. J'aspire à être un modèle pour ceux qui se reconnaîtront en moi et je ferai en sorte que ton enseignement puisse s'étendre au-delà de ces murs. Merci.

L'enseignante sourit. Elle veut que ce moment n'appartienne qu'à Barbara, aussi le lui laisse-t-elle avec le souhait que son élève puisse se rappeler la place qu'elle a tenue ce jour-là sur l'estrade et le témoignage qu'elle a offert à tous. Elle est la première à prendre la peluche dans ses bras avant de la tendre à l'élève le plus proche. Tour à tour, les participants embrassent le lapin, certains prenant leur temps d'y transmettre leurs intentions bienveillantes, d'autres la touche à peine, ne comprenant pas l'intérêt de cet acte. Ce lapin bleu deviendra un déclencheur positif pour Barbara. Lorsque ses yeux se poseront sur lui, elle trouvera la force dont elle a besoin pour continuer d'avancer. Contrairement au pouvoir que la petite fille avait donné au cadeau offert par son père, elle sait à présent qu'aucun objet ne peut la protéger. Celui-ci lui permettra simplement de se souvenir de ce qu'elle a accompli.

Quand la peluche revient dans les mains de Barbara, l'atmosphère se fait plus légère. Mama se lève et l'enlace avec délicatesse. Avant de se séparer, les deux femmes se regardent dans les yeux et se sourient. Estelle les rejoint sur l'estrade et prend à son tour son amie dans ses bras, mais elle sent ses lèvres se pincer de remords en pensant à sa réaction de la veille. Certes, elle s'est excusée, mais elle a besoin d'une sorte d'absolution. Elle se dirige alors vers l'enseignante qui s'apprête à quitter l'estrade et lui dit au creux de l'oreille :

– Excuse-moi de te déranger... Pourrais-je te parler tout à l'heure ?

Mama lui pose la main sur l'épaule et lui répond :

– Barbara ne t'en veut pas. Nous parlerons demain. Profite du temps qu'il vous reste ensemble et pense à t'amuser.

Estelle se sent rassurée. Cette femme semble être dans la tête de chacun. Elle veut revenir vers son amie, mais elle est déjà entourée de nombreux élèves et au centre de toutes les attentions. C'est la journée de Barbara, elle doit cesser d'être égocentrée et ouvrir son cœur à ce que vit celle qui ne sera plus là demain.

Le manoir s'emplit de rires, de chants, de musique. Il est à l'image de celle qui le quitte. Estelle parvient enfin à faire de la place en elle pour être heureuse pour Barbara. La lecture de sa rose, puis ses révélations sur sa peluche, lui font prendre la mesure de ses souffrances. La culpabilité étreint de nouveau son cœur, mais elle n'y cède pas. Elle continuera son travail d'introspection demain. Aujourd'hui est un jour de fête.

Après le déjeuner, les deux amies s'allongent sur la pelouse l'une près de l'autre, les yeux fermés, le corps réchauffé par la douce chaleur du soleil. Elles entendent les rires et les éclats de voix dont elles se sont éloignées à la demande d'Estelle. Barbara imagine son retour. Elle ne l'appréhende pas ; au contraire, elle a hâte de raconter son séjour, ses découvertes sur elle, sur la vie... Elle se dit qu'elle ne parlera pas de guérison, car elle n'a jamais été malade. Ces nombreuses années pendant lesquelles elle a voulu aller mieux se transforment en cheminement vers son être véritable. Elle n'a pas guéri, elle s'est trouvée. Elle aime celle qu'elle est. Elle est l'ensemble de toutes ses expériences, heureuses ou douloureuses. Elle ne cherche plus à trouver une signification aux événements qu'elle a vécus. Ce qui lui importe est de donner un sens à sa vie et aux actes qu'elle posera à compter de cet instant.

Estelle sourit en pensant aux moments privilégiés passés en compagnie de Barbara. Celle-ci lui a enseigné que l'on peut être aimé en étant soi. Elle prend conscience qu'elle s'est toujours orientée vers les mauvaises personnes, celles qui lui imposaient d'être une autre pour qu'elle soit appréciée. Ou peut-être ne lui demandaient-elles rien... Comment attendre d'autrui qu'il nous aime pour ce que nous sommes, si jamais nous ne nous montrons, si jamais nous ne nous dévoilons, se demande-t-elle ? Toujours allongée, elle rompt le silence.

– Barbara... Voudrais-tu que je te raconte ma vie avec Philippe ?

C'est la première fois au manoir qu'elle prononce le prénom de son ex-compagnon.

Sans un mot, Barbara s'assied, prête à écouter et soutenir les confidences de son amie. Estelle s'installe face à elle, humecte ses lèvres sèches, et rassemble ses souvenirs et flashs décousus avant de commencer :

– Je l'ai rencontré dans un fest-noz,[1] où une collègue m'a emmenée. L'ambiance était festive et chaleureuse. Après nous être défoulées sur la piste de danse, nous avons pris des boissons et nous sommes installées près d'un groupe d'hommes visiblement alcoolisés. Parmi eux, il y en avait un plus discret et en retrait. J'ai immédiatement été attirée par lui. Nos regards se sont croisés à plusieurs reprises. Mon amie, remarquant notre manège, l'a interpellé pour qu'il nous rejoigne et nous a laissés seuls. Il m'a offert un verre. Je suis immédiatement tombée amoureuse. Je le trouvais beau, intelligent, galant. J'ai aimé sa voix, ses paroles, son humour. Avant de partir, nous avons échangé nos numéros de téléphone. À peine arrivée à la maison, j'ai entendu un bip. C'était Philippe qui m'envoyait un message. Il était ravi de m'avoir rencontrée. Il s'attendait à s'ennuyer et j'étais, pour lui, une belle surprise. Nous avons communiqué ainsi toute la nuit. C'était magique. Nous avions les mêmes goûts, les mêmes centres d'intérêt, la même façon de voir la vie. Nous avions visité les mêmes endroits… Je n'avais aucun doute, j'avais rencontré l'homme de ma vie. Nous nous sommes retrouvés dès le lendemain soir. Notre relation ressemblait à une évidence. J'ai été présentée à sa famille une semaine après notre rencontre et, très vite, il s'est installé chez moi. Je vivais un rêve et occultais des signaux chaque jour plus alarmants. Ses colères pour un rien, ses plaintes incessantes contre ses collègues et son travail, ses critiques acerbes sur tout ce qui croisait ses yeux. Je n'entendais rien, je ne voyais rien. Quand il m'a sentie accrochée, il a dirigé son agressivité et son aigreur contre moi. Rien de ce que je faisais ou disais ne lui convenait. J'en suis arrivée à craindre ses réactions et marcher sur des

---

1. Un fest-noz est un type de fête « revivaliste » (essentiellement un bal), inventé dans les années 1950 dans le centre de la Basse-Bretagne, dans le but de recréer les rassemblements festifs de la société paysanne qui ponctuaient les journées de travaux collectifs et ont disparu dans les années 1930. https://fr.wikipedia.org/wiki/Fest-noz

œufs en sa présence. J'avais perdu la notion de ce qui était normal ou pas. J'avais gravé dans ma tête que c'était l'homme de ma vie et j'étais prête à tout endurer pour nous. Peu à peu, il est devenu avare d'attention, et la moindre miette qu'il voulait bien m'accorder me rendait plus amoureuse encore. Un soir, je venais de rentrer quand j'ai entendu sa clé dans la serrure. Lorsque j'ai vu mes chaussures dans le couloir, mon manteau sur le canapé et mon sac sur la table du salon, j'ai pris peur. Et comme je m'y attendais, il est entré dans une rage sans précédent. Il m'a traitée de souillon et de fainéante. Il m'a dit que je n'étais rien sans lui. Pour le calmer, je lui ai répondu que je venais d'arriver et que je n'avais pas eu le temps de ranger mes affaires. Il n'en fallait pas plus pour qu'il me frappe et m'envoie par terre. J'ai levé les yeux vers lui en me protégeant d'un bras pensant recevoir d'autres coups, mais je l'ai vu prostré. Devant mon geste défensif, il s'est agenouillé, en me suppliant de lui pardonner. Il a argué de difficultés professionnelles et m'a promis que cela ne se reproduirait jamais. Il m'a juré avoir besoin de moi et m'aimer plus que tout. J'ai pleuré avec lui et je lui ai pardonné.

Pendant la semaine qui a suivi, j'ai retrouvé le Philippe amoureux des premiers jours. Il m'offrait des fleurs, me complimentait, me choyait. J'étais heureuse. Je croyais avoir retrouvé le chemin de son cœur et que notre vie était formidable. Un vendredi matin, je lui ai envoyé un message pour lui proposer un restaurant le soir même. Il n'a pas répondu. À mon retour à la maison, je l'ai trouvé assis sur le canapé, le visage sombre. Paralysée de peur, je pouvais sentir mon cœur battre dans mon cou et mes tempes. J'avais dû faire une bêtise. Les mots « Excuse-moi » sont sortis de ma bouche sans que je sache ce qu'il me reprochait. Mon message était la cause de sa fureur. Il en avait assez que je m'immisce dans sa vie. Il avait besoin de se concentrer et n'avait pas envie de penser à moi lorsqu'il était au travail. Peut-être deux semaines après cet événement, j'ai assisté à une réunion ayant duré plus longtemps que prévu. Ne voulant pas revivre la scène précédente, je ne l'ai pas informé de mon retard. Lorsque je suis rentrée, il m'a demandé où j'étais et pourquoi je ne l'avais pas prévenu. Mes explications ont à nouveau engendré insultes et humiliations. Il était persuadé que je me moquais de lui. Devant mon incompréhension, il a laissé la violence physique prendre la place des mots. De nouveau, il s'est confondu en excuses et m'a dit combien il avait eu peur en ne me voyant pas arriver. J'ai oublié les coups et n'ai pensé qu'à son angoisse. Aucun doute pour moi, cela signifiait qu'il m'aimait. Je n'ai pas même eu la présence d'esprit de lui demander pourquoi lui ne m'avait pas appelée. Ces années de cauchemar romantique se sont écoulées sans que personne ne puisse imaginer ce que je vivais. Aujourd'hui encore, je ne comprends pas comment j'ai pu laisser cet homme investir ma vie si longtemps.

J'ai commencé à me réveiller lorsque je suis tombée malade. Être clouée au lit m'a obligée de faire face à l'existence que je menais. Je ne vivais pas une histoire d'amour, je me détruisais. Après ma guérison physique, j'ai consulté des thérapeutes et lu des livres sur les relations toxiques, mais ce n'était pas suf-fisant pour me détacher de lui. Un dimanche matin, alors qu'il se rendait à la salle de sport, une voix intérieure m'a poussée à fouiller ses affaires. J'ai d'abord trouvé des notes d'hôtel. J'ai alors épluché toute sa vie. Son téléphone, ses mails, son ordina-teur. Les preuves de ses infidélités pleuvaient. Il racontait à ces femmes qu'il ne m'aimait plus, mais qu'il se sentait contraint de rester auprès de moi, car j'étais atteinte d'une maladie. Il leur vouait un amour éternel et leur promettait de me quitter bientôt.

Pourtant, je ne suis pas partie… Non. J'étais obsédée par lui. Il fallait qu'il m'aime. Un soir, je me suis maquillée, j'ai enfilé une tenue me mettant en valeur et lui ai préparé son repas préféré. Quand il est arrivé, il s'est jeté sur son assiette, sans me re-garder, sans remarquer les bougies, ni l'odeur d'encens. Puis il s'est planté devant la télé. Je suis allée vers lui, mais il m'a repoussée. J'ai fini par lui dire que je savais qu'il avait des relations avec d'autres femmes. J'étais persuadée que cet aveu me vaudrait ses foudres et ses coups, mais son silence m'était insupportable. La télécommande à la main, sans même me regarder, il m'a répondu : « Très bien, si tu sais, on peut arrêter cette mascarade alors. » Interloquée, je lui ai demandé ce qu'il voulait dire. Il m'a répondu que nous n'avions plus besoin de jouer la comédie du couple. Je me suis couchée effondrée. Les semaines passaient installant une nouvelle routine : il rentrait, mangeait, regardait la télé. Je n'existais pas.

Lorsqu'enfin j'ai trouvé la force de lui demander combien de temps durerait cette situation, il m'a rétorqué : « On peut rester comme ça tout le temps. Tu fais ta vie, je fais la mienne. » Un coup de massue s'est abattu sur ma tête. J'ai pris rendez-vous avec un énième thérapeute. Il fallait que je me sorte de cette impasse, mais je ne savais comment faire. Un dimanche soir, je suis rentrée d'un week-end que j'avais passé au bord de la mer, sur les conseils de mon nouveau psychologue. J'ai trouvé mon appartement vide. Il avait tout emporté : la vaisselle, mes bijoux, même les plantes. Je me suis écroulée sur le sol, à moitié dévastée, à moitié soulagée. Le lendemain, je me suis rendu compte qu'il avait vidé notre compte joint. Je n'avais nulle part où aller. Je ne pouvais pas me rendre chez des amis, car il m'aurait fallu leur raconter et j'en étais incapable. J'ai acheté un canapé convertible, quelques vêtements et j'ai vécu dans cet appartement vide pendant des mois avant de trouver la force de le remeubler. Pour protéger mon secret et me préserver de l'humiliation, je n'ai pas porté plainte. Voilà, tu sais presque tout.

Barbara reste silencieuse un instant avant d'interroger Estelle :

– Qu'est-ce que cela te fait de partager ton histoire ?

– Je ne suis pas sûre… Du bien, certainement. J'ai l'impression d'être enfin vraie. Je croyais que garder cette partie de ma vie pour moi me protégeait, mais c'est le contraire. Je viens de retirer ma lourde armure.

– Et comment te sens-tu ?

Estelle prend le temps de s'observer. Laissant un profond soupir s'échapper de sa poitrine, comme pour se vider de tous les miasmes qui s'y trouvent encore, elle répond sans conviction :

– Je ne ressens rien… Peut-être suis-je guérie ? Ne dit-on pas que si nous pouvons parler de nos traumatismes sans émotions, c'est que nous sommes guéris ?

– Toi seule peux répondre à cette question. Je pense que le jour où nous ne cherchons plus à nous réparer, nous pouvons alors dire que nous avons fait la paix avec notre passé… Dans ton récit, tu n'as évoqué que ce qu'il t'a fait… Est-ce qu'au moins tu as conscience de ce que tu ressentais avec lui ?

– Je ne crois pas.

– En te libérant des faits, tu as créé de l'espace pour tes émotions. Je ne doute pas que tu puisses bientôt en parler.

Estelle se sent à nouveau envahie par la honte et la peur du jugement.

– Non, je ne peux pas et je ne crois pas que j'en serai capable un jour. Je refuse d'inspirer la pitié, je ne pourrais pas supporter de vivre avec une image aussi pathétique.

– Tu n'es pas pitoyable. Ce que tu penses de toi n'est pas la réalité, il serait temps que tu le comprennes. Essaie d'envisager que le regard que tu as sur toi ne soit pas celui qui te sera porté. Vois-tu qu'en agissant ainsi tu manipules les sentiments de l'autre à ton égard ? Que tu te coupes de lui et de toi ? Peut-être as-tu le chemin inverse des autres à parcourir ? Au lieu de chercher à te désidentifier, tu dois commencer par t'identifier à ton histoire. La faire tienne et cesser d'en parler comme si elle était arrivée à quelqu'un d'autre.

– Pourtant, je suis assaillie d'émotions. En permanence. Elles me submergent, parfois, pour des événements anodins ou comme hier.

– Pour survivre à cette relation toxique, tu as dû te dissocier de tes émotions. Cela ne signifie pas qu'elles n'existent pas. Et puisque tu ne leur fais pas de place, elles surgissent avec violence n'importe quand.

– Tu as raison, conclut Estelle, découragée.

Désirant mettre fin à cette conversation, elle promet à son amie de réfléchir à ses sages paroles, mais son discours intérieur ne cesse pas. Les yeux perdus dans le vague, elle oublie la présence de Barbara. Ce n'est qu'après de longues minutes, qu'elle s'exclame :

– Barbara... Pardonne-moi d'avoir accaparé ton temps alors que tu quittes le manoir demain. Je suis si égocentrée !

– Pas du tout : je suis heureuse que tu m'aies fait confiance. C'est un beau cadeau que tu me m'offres. J'espère que c'en est un pour toi aussi.

Les deux femmes se lèvent et s'étreignent. Les confidences d'Estelle les rendent plus proches encore. Sans se concerter, elles rejoignent un groupe qui chante des classiques des années quatre-vingt. Estelle, s'ouvrant à la joie de l'instant présent, se met à chanter sous les rires d'une Barbara heureuse de la voir enfin s'amuser.

À l'approche de l'heure du dîner, le jardin se vide : les élèves, ayant reçu la consigne de se vêtir de leurs plus beaux atours, remontent dans leur chambre. Estelle, qui n'a que des tenues de sport, observe avec dépit sa piètre garde-robe quand elle entend frapper à sa porte. Son « Entrez ! » laisse apparaître Carl avec son sourire habituel.

– Bonsoir, Estelle. Mama me charge de te remettre cette robe et des chaussures.

– Pardon ?! Pourquoi ? Je n'ai dit à personne que je n'avais rien à me mettre…

– Elle a dû deviner que tu n'avais pas pensé à prendre une tenue de soirée.

– Suis-je la seule à n'avoir rien prévu ?

– Je n'en sais pas plus.

Estelle prend délicatement la robe de Mama entre ses mains et la regarde avec l'enthousiasme d'une petite fille devant un costume de princesse. Elle est superbe. Exactement celle qu'elle aurait choisie.

– Merci beaucoup, Carl. Tu veux rester un instant.

– Oui, avec plaisir. Nous n'avons pas eu le temps de discuter ces derniers jours. Comment vas-tu ? Le départ de Barbara n'est pas trop difficile ?

– C'est un peu dur, mais je suis vraiment heureuse pour elle.

– Cela te donnera l'occasion de te lier à d'autres personnes.

Estelle acquiesce.

– Oui, tu as raison…

– Si tu veux, nous pourrions déjeuner ensemble demain ? lui propose-t-il.

– Avec joie !

Ravi de voir le visage d'Estelle s'illuminer devant son invitation, il sort de la chambre en lui souhaitant une belle soirée.

Elle se sent plus légère. Pourquoi s'est-elle mis en tête qu'elle se retrouverait seule après le départ de son amie ? La réalité semble si souvent s'altérer dans son cerveau…

Elle prend une douche et revêt la robe prêtée par Mama. La taille est parfaite. Les chaussures sont à la bonne pointure. Elle s'observe dans le miroir et se sourit avant de rejoindre Barbara dans sa chambre.

– Coucou, Barbara, as-tu du maquillage ?

– Oui, tout est là, sers-toi.

– Merci ! Cela me fait tant de bien de me sentir féminine et coquette. Regarde la tenue que Mama m'a prêtée. C'est incroyable, n'est-ce pas ? Je ne lui ai pourtant rien demandé.

– Nous n'avons jamais besoin de demander.

– Sais-tu comment elle fait ?

– Elle est présente.

Barbara n'en dit pas plus. Comprendre Mama ne passe pas par les mots. Estelle n'a pas le désir de poser davantage de questions. Expérimenter la vie plutôt que d'en chercher le sens devient presque naturel.

Les participants arrivent les uns après les autres dans la salle de restauration où le buffet est dressé. Ils salivent déjà devant les mets appétissants et les desserts crémeux. Les plats servis habituellement sont loin du faste qui s'étale devant eux. Mama n'a lésiné sur rien pour honorer Barbara. Celle-ci doit être bien précieuse à ses yeux. Ou peut-être pense-t-elle qu'elle aura besoin du soutien de ces souvenirs lors de son retour à la vie normale ?

C'est au milieu d'éclats de voix et de rire que Barbara et Estelle arrivent dans la salle des festins. Dès leur apparition, leurs amis entonnent une chanson qu'ils ont répétée dans l'après-midi. Lorsque Barbara entend les premières notes du solo de guitare de *Stairway to Heaven* de Led Zeppelin, sa chanson préférée, des larmes de bonheur se mêlent à la tristesse de quitter sa famille. Chacun a eu une attention particulière pour elle. Tout ce qu'elle a dit un jour aux uns et aux autres lui revient sous forme de présents.

Estelle s'éloigne. Ce soir-là, Barbara ne lui appartient plus. Elle préfère d'ailleurs sortir du manoir. En se dirigeant vers le belvédère, elle entend le joli son d'une guitare.

– Bonsoir, Benjamin. Je ne te dérange pas ?

– Non, viens t'asseoir. J'avais envie d'être à l'écart de tout ce bruit, mais reste...

Lorsqu'elle s'installe devant lui pour l'écouter, il pose sa guitare et l'observe. Le cœur d'Estelle s'accélère sans que son mental n'en saisisse la raison.

– Le vrai travail commence pour toi maintenant.

Ne s'attendant pas à cet accueil, Estelle reste figée un instant avant de répondre, vexée :

– Pourquoi me dis-tu ça ? Je travaille avec assiduité depuis mon arrivée.

– J'ai l'impression que passer ton temps avec Barbara t'a permis de rester à la surface de tes émotions.

Estelle sait que Benjamin a raison.

– J'espère que je ne te blesse pas. Je me faisais cette réflexion chaque fois que je vous voyais ensemble. Le manoir est un lieu d'introspection. Si nous fuyons la solitude, c'est nous-même que nous évitons.

– Oui. Je croyais faire des progrès, mais depuis que Barbara m'a annoncé son départ, j'ai l'impression que tout le travail et les prises de conscience n'ont servi à rien. C'est angoissant.

– Tout ce que nous apprenons, nous n'en perdrons jamais le bénéfice. Il s'agit de ne pas nous arrêter dès les premières compréhensions, nous croyant arrivés de l'autre côté. Il nous faut creuser, nous enfoncer dans les tunnels et les grottes de notre être. Là où tout ce qui est caché doit émerger pour laisser place nette au vrai soi, au nouveau, et même à l'amour.

Les nombreux séjours de Barbara et Benjamin se perçoivent dans leurs paroles sages. Leurs expériences sont précieuses. Estelle se promet de s'ouvrir davantage aux autres participants, car chaque conversation est source d'enseignements.

– Tu veux rejoindre la fête ? lui demande-t-il, en la voyant se perdre dans ses pensées.

– Oui, d'accord.

Il se lève et, sa guitare sur l'épaule, lui propose son bras, qu'elle prend sans hésiter. Ils avancent tous deux d'un pas lent vers la bâtisse, en silence.

Ils entrent dans la chapelle, transformée en discothèque. Les sièges ont été retirés pour laisser place aux danseurs qui s'en donnent à cœur joie. Sans regarder Benjamin, qui préfère retourner dans sa chambre, Estelle se dirige vers le centre de la piste et danse sans plus songer à sa vie, au départ de Barbara, à la nouvelle étape de son séjour.

À deux heures du matin, quelques rares élèves discutent encore. La musique s'est arrêtée, mais les amis les plus proches de Barbara veulent encore profiter de sa présence. Ils se racontent leur arrivée au manoir et leurs appréhensions du début. Ce qui les a fait pleurer un jour devient source d'histoires drôles. Que de chemin parcouru, se disent-ils. Estelle et Barbara finissent seules dans la chapelle.

– Tu fais la dernière méditation matinale avec nous tout à l'heure ?

– Tu n'as pas entendu Mama dire qu'il n'y en aura pas ? Je dois remonter pour finir de ranger mes affaires. Tu veux venir m'aider ?

– Oui, bien sûr !

C'est en courant et en étouffant leurs rires pour ne pas déranger les autres résidents qu'elles rejoignent la chambre. Les deux amies n'ont pas envie de dormir. Après un rangement et un ménage sommaires, elles choisissent de passer les quelques heures qu'il leur reste à bavarder dans la tea room. Elles peuvent entendre le personnel s'affairer au nettoyage.

À sept heures, elles repassent par la chambre de Barbara pour y récupérer ses bagages, et se dirigent vers la porte d'entrée. Mama est déjà là. Elle accueille son élève en la serrant dans ses bras.

– Fais un beau voyage, lui dit-elle en la libérant de son étreinte.

Barbara sait que l'enseignante ne parle pas de son trajet de retour.

– Je te remercie pour tout, Mama. Tu seras pour toujours une étoile dans mon ciel, elle me servira de repère dans ce monde.

Puis elle monte dans le taxi, qui démarre. Estelle et l'enseignante demeurent devant la porte, jusqu'à ne plus apercevoir la voiture qui emporte une tranche de vie du manoir. Mama se tourne vers Estelle et lui demande :

– Tu voulais me parler. Allons au belvédère.

Un silence apaisant règne sur le jardin.

– Je ne me souviens pas de ce que je voulais aborder avec toi. La journée d'hier a été riche et longue. J'ai compris que je n'ai fait que fuir. Je voulais guérir si vite que j'ai peut-être sauté quelques étapes.

– Aurais-tu été capable d'aborder cette nouvelle phase dès ton arrivée ?

– Non, c'est vrai. J'ai l'habitude de me concentrer sur ce qui ne va pas chez moi. Tu as raison, mon apprentissage se déroule sans doute comme il le doit. Puis-je te demander une nouvelle rose ? J'aimerais travailler sur mes émotions.

– Alors je te propose ce sujet : « Qu'est-ce que cela me fait de devoir être parfaite ? »

– Ah oui ? Je ne vois pas en quoi ce thème est lié à mes émotions…, mais d'accord. Je m'y attelle.

Chapitre XII

Dès son réveil, Estelle pense à son rendez-vous avec Carl pour le déjeuner. C'est avec allégresse qu'elle se lève et se prépare.

Une assiette composée de fruits frais et secs, un morceau de pain noir et de fromage de chèvre à la main, elle le cherche du regard. Ne l'apercevant pas, elle s'éloigne vers un endroit silencieux pour y savourer son repas. Elle ferme les yeux. Cet état méditatif lui fait prendre conscience d'un changement énergétique autour d'elle : sans le voir ou l'entendre encore, elle devine l'arrivée de Carl.

– Tu as l'air en pleine forme, lui dit-il d'un ton enjoué, manifestant son plaisir de la retrouver.

– Oui, je vais bien. J'en suis la première étonnée, répond-elle en riant. J'ai une faveur à te demander.

Sans attendre la réponse, elle poursuit :

– J'aimerais qu'on ne parle pas de moi. La veille a été émotionnellement éprouvante. Parle-moi de toi. Penses-tu à ton départ ?

– Je n'ai pas l'intention de quitter le manoir. Ce lieu répond à nombre de mes besoins et j'aime la vie en communauté.

– Depuis combien de temps es-tu ici ?

– Presque un an.

Estelle reste pensive. Pourrait-elle s'imaginer passer sa vie dans ce lieu ?

– Tu ne te sens pas triste ou frustré de créer des liens avec des personnes qui partiront ?

– Je suis heureux pour elles parce qu'elles s'en vont avec un bien précieux : la conscience de soi. Et je crois que lorsque nous sommes connectés à quelqu'un, nous le restons. Où que nous soyons.

– Que faisais-tu avant ?

– J'étais web designer. D'ailleurs, je suis en train de créer un site pour le manoir. J'ai envie de faire connaître ce lieu.

– C'est indiscret de te demander si tu es payé pour tes services ?

– Tu veux savoir si Mama profite de ses élèves ? Tu te méfies des autres, n'est-ce pas ? lui répond-il avec un sourire empli d'empathie.

Estelle y décèle une pointe de reproche, mais ne veut pas s'excuser.

– Je sais que tu ne souhaites pas que nous parlions de toi. Permets-moi juste ceci : si tu apprends à te faire confiance, tu n'auras plus besoin de te méfier du monde extérieur.

Estelle porte un morceau de pain à sa bouche pour n'avoir pas à répondre. Son observateur intérieur met en évidence le mur qu'elle est en train d'ériger entre Carl et elle. Ce constat ne suffit pas à la rendre capable de répondre. Devant son mutisme, il poursuit :

– Je suis fils unique et, après le décès de mes parents, je me suis retrouvé seul pendant trop longtemps. Je rêvais de sortir de ce sentiment d'isolement et de non-appartenance. Et j'ai trouvé cet endroit qui répond à mes aspirations. J'aime en faire partie et j'aime offrir à chaque nouvel arrivant ce que j'y ai reçu.

Estelle est heureuse d'apprendre à le connaître. Elle est restée enfermée en elle si longtemps. Croyant faire partie de ceux qui s'intéressent aux autres, elle admet avec dépit qu'elle passe plus de temps à les juger qu'à les écouter. Même dans ce lieu propice au partage et à l'amitié, elle n'a pas fait l'effort d'aller vers les autres. Elle se souvient vaguement s'être promise d'être plus sociable dans les premières heures de son séjour, mais elle

a profité de sa relation avec Barbara pour rester émotionnellement à l'écart des participants. L'autre représente encore un
danger. C'est un bilan quelque peu amer après tout ce temps
passé au manoir.

Carl a cessé de parler, désirant laisser à Estelle l'espace pour
s'exprimer à son tour. Il aimerait qu'elle se confie à lui, car il devine son cœur blessé et chargé d'une histoire non dite, mais elle
ne semble pas réceptive à son invitation silencieuse.

Ils finissent leur déjeuner sans un mot, chacun perdu dans le
flot de ses pensées. La cloche annonçant le début des cours retentit. Ils ramassent leurs assiettes et couverts, et s'acheminent
vers le manoir avec empressement. En entrant dans la chapelle,
Estelle perçoit une atmosphère différente de celle qui y régnait
les jours précédents, lorsque Barbara était encore au manoir.
Elle se dit que son amie devait avoir une énergie puissante. Son
absence est palpable.

Elle choisit de s'asseoir au fond de la salle. Plusieurs personnes
se succèdent sur l'estrade pour lire ce qu'elles ont appris après
un exercice donné la veille. Peu intéressée par les partages de
ses camarades, elle préfère réfléchir à sa rose. Son assiduité des
premières semaines s'amenuise. Elle espère qu'elle retrouvera
son envie de guérir. Les bruits des participants se levant pour la
pause de l'après-midi la sortent de sa rêverie. Les imitant, elle
se dirige vers la tea room avec le désir de se mêler aux conversations. C'est avec déchirement qu'Estelle se voit rattrapée par
ses vieilles habitudes : son corps est présent, mais ce qui est à
l'intérieur est ailleurs. Que s'est-il passé depuis la veille ? Elle se
revoit danser, chanter, faire partie du groupe. Elle était présente
à elle et aux autres. Cet après-midi, elle se sent éparpillée, distil-
lée dans l'espace. Il lui faut agir. Elle refuse d'en être de nouveau
réduite à se dissocier d'elle et du monde pour se protéger. Elle

décide de remonter dans sa chambre pour rédiger sa rose. Elle manquera un autre cours, mais elle a besoin de poser un acte pour avoir le sentiment de reprendre de son pouvoir personnel.

Chapitre XIII

« Qu'est-ce que cela me fait de devoir être parfaite ? », commence-t-elle par écrire sur la feuille rose. Le stylo à la main, le regard fixe, elle réfléchit à la notion de perfection. Les souvenirs se bousculent pêle-mêle dans sa tête. Un profond soupir se fait entendre dans le silence de sa chambre : elle commence à percevoir, intuitivement pour l'instant, que son besoin d'absolu pourrait être à l'origine de nombre de ses dysfonctionnements. Elle pose la bille de son stylo et laisse les mots se dessiner d'eux-mêmes :

> Devoir être parfaite saccage ma vie. Physiquement, je suis obsédée par mon corps. Je ne me regarde que pour observer mes défauts. Je focalise sur tout ce qui ne va pas au lieu de me regarder dans mon ensemble. Je dédaigne ce qui est plaisant en moi et me hais pour mes imperfections. Je m'interdis de manger ce dont j'ai envie et martyrise mon corps avec des heures de sport. Je me pèse chaque jour et m'autoflagelle dès que je prends du poids. Mes discours intérieurs sont dévalorisants. Mon besoin de perfection me pousse à porter un masque en permanence pour que personne ne voie mes défaillances. Cela m'isole du monde, car personne ne me connaît vraiment. Je vis dans le contrôle, je juge mes paroles, mes gestes et mes actes, je suis intransigeante et dure à mon égard. Le moindre faux pas engendre des heures, parfois des jours, d'abattement profond. Je crois que c'est ce qui m'arrive aujourd'hui. Je ne le remarquais pas, mais mon mental m'assaillait de paroles dégradantes. À tel point que j'en suis découragée, paralysée, impuissante. C'est peut-être même mon désir de perfection qui m'a maintenue

dans une relation destructrice et humiliante. Je devais réussir mon couple. Je ne pouvais accepter son échec. Supporter l'insupportable, c'était réussir. Partir, c'était échouer. C'est toujours ce besoin qui me menait vers les hommes incapables de m'aimer. Bien que je ne sache pas encore en expliquer la raison, cette phrase sonne juste.

Estelle pose son stylo, se prend la tête entre ses mains et s'interroge : « Pourquoi mon besoin de perfection me fait-il désirer les hommes qui ne peuvent pas m'aimer ? » Elle reste immobile pour ne pas risquer de bousculer ou perdre le fil de ses pensées. Des flashs défilent dans son esprit. Elle se rappelle ses parents qui ne cessaient de lui répéter qu'elle ne faisait pas « assez », qu'elle n'était pas « assez »... Elle devait en faire toujours plus pour les contenter, mais elle les décevait quels que soient ses efforts et ses succès.

Réalisant qu'elle s'est construite avec l'idée qu'elle doit se battre pour être aimée, elle reprend l'écriture :

Je vais vers les hommes qui ne peuvent m'aimer parce que si je réussis à changer leur sentiment à mon égard, cela signifie que je suis enfin parfaite. Parfaite pour mes parents.

Jusqu'à ma rencontre avec Barbara, je ne savais pas qu'il m'était possible de recevoir un amour inconditionnel, simplement parce que je suis moi, sans mon masque, mais qui est le vrai moi ? Je n'ai jamais eu l'occasion de faire sa connaissance. Je ne sais plus démêler le vrai du faux. L'émotion la plus prégnante chez moi est la honte. Il m'est même arrivé de faire des crises de spasmophilie tant ce sentiment m'oppressait et m'empêchait de respirer. Elle peut survenir lors d'événements qui paraîtraient dérisoires à tout autre. La simple impression d'inadéquation m'écrase de honte. Devoir être parfaite s'immisce dans tous les aspects de ma vie et la brise. Ce besoin mène au mensonge et toujours à plus d'échec. Puisque je ne suis jamais moi, je vais vers des situations et des personnes qui ne sont pas en accord avec ce que je suis. J'en souffre et je leur fais du mal. Je comprends à présent pourquoi je n'accordais ma confiance à quiconque. Une part de moi devait savoir que je mentais et projetais mon manque de sincérité sur autrui. N'étant pas la vraie version de moi, j'attirais mes semblables. Nous étions hypocrites, nous trichions et nous ne pouvions nous sentir en sécurité les uns avec les autres.

Estelle s'arrête de nouveau et se rappelle des paroles de Carl pendant le déjeuner : « Si tu apprends à te faire confiance, tu n'auras plus besoin de te méfier du monde extérieur. »

Je suis perçue comme une personne dotée d'une grande assurance, mais il n'en est rien. Je passe mon temps à me trahir en me transformant pour paraître irréprochable. Bien plus que cela, je change de personnalité en fonction de mes interlocuteurs. Je m'adapte à ce qu'ils me semblent attendre d'une personne parfaite. Ces relations basées sur la tromperie me rendent acerbe. Je juge, je critique, je méprise. Étais-je capable d'aimer véritablement ? Comment le pouvais-je puisque je mettais un voile opaque entre les autres et moi ? Ai-je aimé Philippe ? Mon obsession de recevoir son affection m'aveuglait. Je ne me suis jamais aimée. Je ne m'apprécie même pas. Je ne valorise aucune de mes réussites, aussi gratifiantes soient-elles, et je reste bloquée sur mes échecs, aussi minimes soient-ils.

Ébranlée par ces constats, elle termine sa rose par une question : « Estelle existe-t-elle ? »

Ses yeux sont absorbés par cette dernière phrase quand elle entend ce léger grattement à la porte si particulier à Carl. Elle l'invite à entrer en restant assise sur son lit. Surprise de le voir avec un plateau dans les mains, elle l'interroge du regard.

– Mama a pensé que tu n'aurais pas envie de descendre dîner aujourd'hui.

– Ah ! Je n'y avais pas songé, mais oui, sans doute. Je... euh...

– C'est un goût de déjà-vu, n'est-ce pas ? la coupe-t-il en souriant.

– Oui, et l'impression d'être revenue au point de départ émotionnellement aussi. Merci, Carl, de t'être déplacé.

– Avec plaisir. Le regard vers les roses étalées devant elle, il la félicite.

– Ta journée a été prolifique. Je suis impressionné par l'ardeur avec laquelle tu te prends en main sans attendre que les réponses viennent d'ailleurs.

Estelle ressent une vague de chaleur inonder son cœur.

– Merci, Carl, lui répond-elle en se levant de son lit. Ah... j'y pense ! Avant que tu ne partes, tu voudras bien rendre la robe et les chaussures à Mama ? Je lui ai glissé un petit mot de remerciement.

– Je crois que c'est un cadeau.

– Pardon ?! Tu es sûr ?

– Oui, il n'était pas question que tu lui rendes.

– Oh !... Je ne sais que dire... Alors je la remercierai demain.

– Elle veut peut-être que tu apprennes à recevoir de la vie...

Sans attendre la réponse, Carl lui serre le bras en guise d'au revoir et quitte la chambre.

Estelle se jette sur la porte, pour le rappeler. Déjà au bout du couloir, c'est d'un pas inquiet qu'il revient vers elle.

– Je n'ai pas envie d'être seule, mais je ne souhaite pas descendre. Voudrais-tu rester avec moi quelques instants ?

– Bien sûr !

Il s'installe sur l'unique chaise de la pièce, Estelle se pose sur le bord du lit, les épaules avachies, l'air triste. Elle se pince les lèvres pour retenir ses larmes et peut-être même son être tout entier, qui semble prêt à déborder de toute part.

Carl souhaite lui laisser faire le chemin par elle-même. Il ne veut pas lui faciliter la tâche en lui posant des questions. Elle doit apprendre à demander de l'aide, à compter sur les autres, à faire confiance. Il la sent enfin prête à détruire le mur dressé entre elle et ses émotions, entre elle et le monde.

Estelle ne sait par où commencer. Elle voudrait qu'il lui demande comment elle va, qu'il la rassure, qu'il lui dise être là pour elle. Sans avoir à l'exprimer.

– Je suis fatiguée, Carl, finit-elle par lâcher d'une voix qui provient davantage d'un souffle que du mouvement de ses cordes vocales. J'ai l'impression de ne plus avoir de force, je ne trouve pas la porte de sortie. Chaque jour ressemble à une lutte. Je suis plus affectée par le départ de Barbara que je ne l'imaginais. Parce que sans elle, je suis mise à nu. Je n'ai plus d'endroit où fuir. Je dois faire face à tout ce que je ressens. Je dois être forte.

Carl hésite à prendre la parole. Il se demande ce que Mama ferait. Il choisit de soutenir Estelle dans son cheminement intérieur.

– Comment te représentes-tu la force ?

– Je ne sais pas... Accepter les événements qui nous arrivent et en faire une richesse au lieu d'une faiblesse. Garder la tête haute, le sourire, quoi qu'il arrive. Être positive et comprendre que tout est juste. C'est ne pas souffrir pour rien, c'est pardonner...

– Comment penses-tu y parvenir ?

– Justement, je ne sais pas.

Elle enfouit son visage dans ses mains pour qu'il ne la voie pas pleurer.

– Estelle, la force et la résistance sont deux notions opposées. La seconde épuise, pas la première. Nous pouvons pleurer, nous écrouler, déprimer, demander de l'aide, nous avouer vaincu sans être considéré comme faible. Je ne doute pas que tu sois forte et l'être, c'est effectivement accepter. Non pas les événements, mais toutes les émotions qu'ils font naître, avec la certitude qu'elles ne nous tueront pas, qu'elles ne nous détruiront pas, que nous pourrons nous relever quand le moment sera venu. Si nous n'accueillons pas tout ce que nous ressentons, il est impossible de transformer nos expériences. Le processus reste mental.

Estelle l'interrompt et, d'une voix robotique, entame son histoire avec Philippe. Prenant enfin la mesure de ce qu'elle a traversé, elle s'arrête de parler. Jusqu'alors, ses souvenirs ne contenaient que les actes et les mots de Philipe, ils étaient exempts de ce qu'elle avait ressenti. Elle avait longtemps confondu ces deux notions. Quand elle était avec Philippe, son attention était accaparée par lui et il ne restait rien pour elle, pour prendre soin d'elle. Elle s'était abandonnée. C'est justement parce qu'elle s'occupait de Philippe et non de ce qu'elle ressentait qu'elle avait pu accepter si longtemps ce qui ressemblait davantage à de la torture qu'à de l'amour. Nul doute qu'elle y serait encore s'il n'était pas parti. Si seulement elle s'était arrêtée, ne serait-ce qu'un instant sur ce qu'elle éprouvait, elle aurait pu percevoir que sa vie auprès de lui ne lui apportait que souffrances. « Mais ce n'est pas possible ! s'écrie-t-elle mentalement. Comment ai-je pu vivre hors de moi ? »

En parallèle de ces prises de conscience, une autre voix se fait timidement entendre. Vaguement pour l'instant, elle devine un lieu intact en elle, capable de prendre soin de la partie souffrante, qui a besoin d'être aidée et écoutée.

Avant ce moment devant Carl, la rage et ses sous-produits étaient les seules émotions qu'elle s'était autorisées. Lorsqu'un thérapeute l'invitait à laisser cours à ses émotions, elle répondait exaspérée : « C'est ce que je fais. » La colère lui est connue : elle peut la gérer, la contrôler et l'accepter. Elle l'endure certes contre elle-même, mais surtout contre l'autre. Elle lui permet d'accuser et de condamner. Elle l'empêche de se remettre en question, puisque le responsable, c'est l'autre. Elle est le fuel de son moteur, mais lequel ? Celui qui contribue à faire vivre ce personnage qu'elle a construit de toutes pièces à travers ce qu'elle pense être parfait, acceptable, aimable ? Le bruit de la colère est si fort qu'il la rend sourde à toute autre sensation. Estelle se compare à cette mère indigne qui monte le son de la télé pour ne pas entendre les pleurs et les cris de son bébé.

Elle poursuit son récit, acceptant enfin de revivre et de livrer son histoire :

– J'étais tout le temps malheureuse… Terrorisée. J'avais peur qu'il me frappe, qu'il me quitte, qu'il me trompe, mais, surtout, j'avais peur qu'il cesse de m'aimer. Je sentais en permanence un poids écraser ma poitrine. Mon visage était marqué de lignes profondes tant j'étais crispée. Tout mon corps l'était. Ne sachant ce qui serait à l'origine de sa prochaine colère, je vivais en état d'alerte. Je n'avais pas le temps ou la présence d'esprit de m'interroger sur ma relation. Une partie de moi était dans le coma, l'autre dans le combat. Mon cœur était brisé tous les jours. Je me sentais seule, humiliée, rejetée. Cette sensation me projetait dans une douleur indicible. Plus je l'étais, plus il me fallait être acceptée, désirée, chérie. J'étais aveugle et sourde aux hurlements de mon âme. Plutôt que de panser mes plaies, je me haïssais de ne pas être aimée.

C'est au présent qu'Estelle revit la souffrance qu'elle décrit à Carl, comme si le temps s'était figé sur ces années d'amour destructeur. Le temps émotionnel ne va pas au même rythme que le temps objectif. Tout est là, tapi au fond d'elle, jusqu'à ce qu'elle s'autorise à le revivre, l'autorise à se révéler, avec conscience et amour.

Elle poursuit, laissant libre cours à ses larmes, aux éraillements de sa voix, à ses silences. Carl lui fait don de sa présence, entière, sans un mot, sans un geste. Il écoute le récit d'Estelle non par curiosité, mais comme un autre « elle-même ». Il est un miroir dans lequel elle peut enfin se regarder et peut-être se trouver belle, exactement comme elle est. Vulnérable, fragile, forte... pour la première fois. La paix qu'il a faite avec sa propre histoire lui permet d'écouter sans émotion, sans identification, mais avec une compassion vraie.

Estelle a cessé de parler, mais ni l'un ni l'autre n'a le désir de briser ce silence rempli de la présence de deux âmes s'offrant l'une à l'autre. Carl l'observe. Elle est différente : une grâce et une pureté qu'il ne lui avait jamais vues se dégagent d'elle, la rendant lumineuse au-delà de son joli visage. Elle a l'impression d'avoir déterré des cadavres faits d'os brisés et de peaux desséchées. Elle entend son cœur battre dans ses tempes et dans son cou. Elle sent aussi qu'une immense partie d'elle l'a rejointe, celle qui était restée avec Philippe, avec ses parents, avec tous ceux auprès desquels elle avait souffert sans s'autoriser à ressentir la douleur. Elle perçoit Carl comme faisant partie d'elle. À aucun moment, elle ne s'est demandé s'il la jugeait. Elle n'a jamais connu ce degré d'intimité. Quelle liberté de pouvoir se livrer ainsi, sans filtre, sans doute, sans peur, sans appréhension, sans essayer d'imaginer ce que l'autre pense !

Comprenant qu'elle en a fini pour ce soir, il s'approche d'elle et lui passe le bras autour des épaules. Elle pose timidement sa tête contre sa poitrine. C'est cela faire confiance, se reposer sur quelqu'un, se sentir soutenue. Elle est triste d'avoir attendu d'être broyée pour connaître ce sentiment, mais reconnaissante de le vivre.

Depuis le premier jour, Carl sait que ce moment arriverait. Leurs expériences leur permettent de se reconnaître et de se comprendre. Estelle sourit en pensant qu'il ne sait probablement pas qu'une de ses roses lui a été dédiée.

Délicatement, elle relève la tête tandis que Carl retire son bras et se lève. Estelle le regarde avec gratitude, respect et amitié. D'une voix à peine audible pour ne pas rompre la solennité de ce qu'ils viennent de partager, il lui souhaite une bonne nuit et se dirige vers la porte. En l'ouvrant, il se retourne avec l'envie de lui dire un dernier mot, mais aucun ne prend forme ni dans son esprit ni dans sa bouche. Les yeux d'Estelle s'ouvrent avec interrogation et attente. Il ne lui offre qu'un vague sourire et referme la porte derrière lui. Il aurait voulu la remercier pour la confiance qu'elle lui a accordée, la féliciter pour son courage, lui exprimer combien il est touché par sa vulnérabilité. Si les mots étaient venus, ils auraient témoigné de son admiration. Il est trop tard.

L'esprit vidé de toute pensée, Estelle pousse un soupir de soulagement et se dirige vers la salle de bains. En revenant dans la chambre, elle remarque qu'elle n'a pas touché à son repas. Elle n'a pas faim, elle est repue. D'elle-même.

Elle s'endort paisiblement avec le sentiment d'avoir fait le bon choix en rejoignant le manoir.

Chapitre XIV

Estelle arrive la première dans la salle de cours. Désireuse de rendre inoubliable l'épisode de la veille, elle ouvre son cahier et laisse son stylo glisser sur les pages qui se remplissent sans la participation de son mental. Elle est en transe. Les chuchotements des élèves qui remplissent peu à peu les sièges autour d'elle n'entament pas sa concentration.

Alors que Mama avance sur l'estrade, son attention se dirige vers Estelle. Elle perçoit une énergie plus dense, plus présente, plus proche de sa véritable nature.

Rajustant sa longue robe pour être plus à l'aise sur son fauteuil, l'enseignante annonce l'arrivée d'un nouvel élève :

– Gabriel, veux-tu te lever pour que chacun fasse ta connaissance ?

Il a pris place à côté d'Estelle. Sa présence lui rappelle le départ de Barbara. Un sourire nostalgique se dessine sur son visage. Plutôt que de balayer ou d'ignorer l'émotion naissante, elle la savoure. Elle prend le temps d'observer le pincement au cœur traverser son corps et disparaître. Elle en frissonne de joie. S'accueillir de cette façon lui semble un véritable acte d'amour pour elle-même. Quand Gabriel se rassied, elle se tourne vers lui pour lui murmurer quelques paroles de bienvenue. Il bredouille une réponse et se détourne. Estelle ne s'en offusque pas, elle se souvient.

– Puisque nous avons un nouveau venu parmi nous, j'aimerais vous proposer de refaire l'exercice « Raconte-moi, raconte-toi ». Qui souhaite en expliquer le concept à Gabriel ?

Plusieurs mains se lèvent, et Mama choisit d'offrir le rôle d'enseignant temporaire à Sybille. Estelle ne lui a jamais parlé. Toujours vêtue de gris et de beige, elle est de ces personnes que l'on dit transparente. Sybille se lève, imaginant que les élèves autour d'elle peuvent entendre les battements de son cœur résonner contre les murs de la salle tant elle est terrifiée de prendre la parole.

Après avoir rassemblé ses idées, elle entame des explications d'une voix tremblotante. Pressée de ne plus être le centre d'attention, elle repose son corps sur sa chaise pour laisser Mama reprendre son rôle.

– Vous savez ce qu'il vous reste à faire grâce à Sybille. Il n'y a pas de durée prédéterminée pour cet exercice, nous sonnerons la cloche lorsque la plupart d'entre vous serez revenus à la chapelle.

Estelle range ses affaires et se tourne vers Gabriel pour lui proposer d'être son coéquipier, mais elle est supplantée par Paula, qui s'est déjà jetée sur lui. Elle en sourit intérieurement, sans porter de jugement. Elle sait que Paula a besoin de réparer sa relation au masculin. Estelle quitte son siège et se met en quête d'un partenaire. Tous les duos se sont déjà formés et le hasard la place devant Caroline.

Estelle peut lire l'appréhension sur son visage, aussi lui serre-t-elle les mains entre les siennes et lui dit : « Je suis contente que nous fassions à nouveau cet exercice ensemble. » La dirigeante de maison d'hôtes est soulagée.

Estelle veut commencer, Caroline acquiesce. C'est sans hésitation qu'elle parle de Philippe. La maisonnette en bois et les sentiments d'autocongratulation cèdent la place à une femme authentique, qui se livre sans ambages, ni crainte. Pour la troisième fois au manoir, Estelle parle de Philippe. De nouvelles émotions apparaissent, différentes sortes de larmes se déversent et d'autres aspects de l'histoire se dévoilent. Ne focalisant son attention que sur ses émotions, elle se réapproprie son passé.

Il n'appartient plus à son ex-compagnon. Cette partie de sa vie est devenue sienne et elle peut lui donner le sens et la texture qu'elle désire. Estelle comprend qu'en fixant son attention sur ce que Philippe lui a fait plutôt que sur ses ressentis, elle continue de lui donner du pouvoir, et elle se condamne à perpétuité à revivre les scènes les plus douloureuses.

Caroline s'efforce de respecter la consigne et reste placide, mais elle aimerait la prendre dans ses bras, alors qu'elle l'a détestée dès le début, oubliant que chacun avance à son rythme, avec sa propre capacité d'appréhender les événements qui l'ont terrassé.

La respiration d'Estelle est saccadée, son corps tremble de froid, comme si son énergie vitale se dirigeait entièrement vers son cœur pour l'empêcher d'exploser. Elle se contente d'observer son corps passer d'une émotion à une autre, revivant les épisodes de son drame amoureux selon sa propre chronologie.

Devant ce spectacle d'un être en train de se reconnecter à lui-même, Caroline se sent autorisée à narrer ce qui lui a retiré le sourire. Quand Estelle lui indique d'un signe de la tête qu'elle a fini son partage, elle baisse les yeux, prend une grande inspiration comme on le fait avant de s'enfoncer dans une eau profonde et commence :

– Dès l'âge de cinq ans, nous étions inséparables. Nous nous sommes mariés le jour de mes dix-huit ans. Nous avions hâte de commencer notre vie ensemble et de nous promettre l'un à l'autre jusqu'à la fin de nos jours. Après le décès de son père, nous avons hérité de sa demeure et en avons fait une maison d'hôtes. Notre quotidien était fait de rires, de complicité et d'amour. Je n'imagine pas une vie plus douce et harmonieuse que celle que j'ai eue auprès de mon mari. Je me suis réveillée un matin prise de panique. Je savais que quelque chose de terrible allait arriver. Laurent…

Caroline s'arrête. Prononcer son prénom est au-dessus de ses forces. Elle pousse un gémissement de douleur et pose ses mains sur le sol pour se soutenir. Son mental l'implore d'arrêter de parler, mais son cœur ne veut plus l'écouter.

– L'homme de ma vie devait prendre la voiture ce jour-là. Je ne pouvais pas l'accompagner, car il me fallait préparer les repas et les chambres. Je l'ai supplié de reporter son trajet, il a ri et m'a promis de faire attention pour me rassurer. Avant de le laisser aller, je l'ai serré contre moi en lui promettant amour et fidélité éternels. Il a plongé ses yeux dans les miens et ses dernières paroles ont été : « Je t'aimerai toujours. Promets-moi d'être heureuse. » Depuis, je me demande si lui aussi savait. C'est en pleurant que je vaquais à mes occupations. La sensation que mon mari ne rentrerait pas ne me quittait pas, mais je voulais continuer de croire que j'étais sous l'influence d'un mauvais rêve. Lorsque j'ai entendu le téléphone sonner, j'ai cru que mon cœur allait s'arrêter. On m'a annoncé qu'il avait eu un accident et était à l'hôpital. Soulagée qu'il soit toujours en vie, j'ai roulé aussi vite que possible pour me rendre à son chevet, mais, avant d'entrer dans sa chambre, j'ai été retenue par plusieurs personnes. Il…

Caroline pose sur Estelle un regard de désespoir avant de poursuivre :

– Il est mort, Estelle. Laurent est mort.

Comme si elle prenait conscience pour la première fois du décès de son mari, Caroline écarquille les yeux. Parvenant à peine à respirer, elle se tient le thorax des deux mains, puis pousse soudainement un hurlement de douleur, avant de s'effondrer sur la pelouse.

Désemparée, Estelle ne sait comment réagir et reste prostrée. Surgie de nulle part, Mama s'agenouille près de Caroline et invite Estelle à partir si elle le souhaite. Elle reste. L'enseignante ne cherche pas à calmer Caroline, elle la laisse revivre cette innommable souffrance sans bouger. Chaque son qui sort de son corps résonne comme un coup de tonnerre. Estelle est bouleversée, mais elle tient à être présente pour la femme qui est en train de traverser les flammes de son propre enfer. Mama pose la main sur le bras d'Estelle, qui se tranquillise aussitôt. Elle comprend. Caroline libère enfin tout ce que son être contient et qui ne s'était jamais exprimé. Mama n'a pas le désir de la soulager, le réconfort et la paix viendront plus tard. Les cris se transforment peu à peu en râles rauques accompagnés de « Non ! », de « Pourquoi tu m'as laissée ? », pour se terminer en gémissements. Puis le silence. Mama se déplace légèrement pour s'approcher de sa tête, toujours sans un mot. Estelle, rassurée par le calme qui remplace l'explosion de la douleur, pense à la rose qu'elle lui avait dédiée. Elle se souvient que ce n'était pas le manque d'empathie qui l'avait animée : se reconnaissant inconsciemment en Caroline, son protecteur intérieur avait préféré critiquer celle qui était restée bloquée dans son passé. Juger l'autre lui permettait de le garder à distance sans risquer de découvrir les parts d'ombre auxquelles elle n'était pas en mesure de faire face.

Caroline soulève les paupières et, réalisant la présence de Mama et d'Estelle près d'elle, se rassied, confuse.

– Désolée, je ne sais pas ce qui s'est passé, s'excuse-t-elle.

– Souhaites-tu que nous t'accompagnions dans ta chambre ou préfères-tu rester ici ?

Estelle s'étonne que Mama prenne son ton de voix habituel après ce que Caroline vient de traverser. Si elle avait dû prononcer ces mots, elle aurait essayé d'y ajouter de la commisération ou de la bienveillance. L'enseignante n'a pas besoin de montrer ou prouver. Elle est.

– Je veux rester avec vous et parler de ce que je ressens.

– Oui, bien sûr.

– J'ai du mal à croire qu'il y avait encore toute cette souffrance en moi après tant d'années. Je pensais avoir fait mon travail de deuil. En réalité, je n'ai fait qu'enfouir le drame de ma vie. Je vous remercie de m'avoir permis de libérer ce poids. Après la mort de Laurent, chaque fois que je pleurais, mes amis, ma famille, mes thérapeutes essayaient d'alléger mon chagrin en m'affirmant que le temps ferait son œuvre, que je devais lâcher prise et me changer les idées. On m'a conseillé des sorties entre filles, des vacances loin de ma maison, des antidépresseurs... Peut-être n'était-ce pas ma douleur qu'ils voulaient taire, mais ce qu'elle provoquait en eux, poursuit-elle d'un air pensif, avant de reprendre. Alors je me suis accrochée à une autre histoire, moins grave, moins difficile à écouter. Ainsi, je pouvais tout de même épancher quelques-unes de mes peines sans que l'on m'en empêche. Ces cris, je les entendais dans ma tête en permanence : quand les gens riaient, me parlaient de leurs problèmes ou me racontaient un quotidien qui me paraissait insignifiant. J'étais enfermée à l'intérieur de moi. Ma vie s'est figée le jour où j'ai vu le corps de Laurent allongé sur son lit d'hôpital. Mes parents sont arrivés et leur amour, leurs paroles apaisantes, leur inquiétude m'ont privée de mes pleurs. Ils me disaient que Laurent n'aurait pas voulu me voir dans cet état. Ils ne voyaient pas qu'en agissant ainsi, ils m'emmuraient vivante dans une souffrance que je n'avais pas le droit d'exprimer.

– Tu leur en veux ? lui demande Mama.

Caroline voit défiler le visage de tous ceux présents pour elle après la mort de son époux. Ils avaient le désir qu'elle aille mieux tout de suite. Elle savait que leurs actes et leurs mots étaient mus par l'affection qu'ils lui portaient. Ils avaient peur qu'elle ne puisse jamais se relever de cette épreuve. Laurent et elle avaient été inséparables depuis leur plus tendre enfance. Ces deux-là s'étaient trouvés et représentaient la quintessence de deux âmes sœurs.

– Pas vraiment. Je comprends pourquoi ils ont agi ainsi.

– C'est ce que te dicte ta sagesse, mais qu'éprouves-tu à leur égard ?

– Là, maintenant ? Je les hais. Je leur en veux parce que j'ai l'impression qu'ils tuent Laurent chaque fois qu'ils m'empêchent de pleurer sa perte. Ils me tuent moi aussi. Nous vivons dans un monde où nous n'avons pas le droit d'exprimer des émotions considérées comme négatives et chacun a un avis sur ce que l'autre devrait ressentir.

Un silence que Mama ne coupe pas suit ses derniers mots. Estelle, observatrice privilégiée de ces échanges, profite de cet instant pour laisser son dialogue intérieur remplacer les paroles de Caroline : « Nous aimons expliquer notre vie, nos choix, nos amours, nos échecs, nos succès, mais en négligeons l'expérience physique et émotionnelle. Il nous est alors impossible d'observer leur impact et vérifier qu'ils sont en accord avec nous. Nous n'autorisons que les émotions communément admises et nous perdons conscience de qui nous sommes et de ce qui est bon pour nous. »

Après s'être assurée que ses deux élèves n'avaient plus besoin d'elle, Mama les quitte sous leurs remerciements.

– Pardonne-moi, Caroline. Lors de notre première rencontre, j'ai été odieuse avec toi. J'étais à mille lieues d'imaginer ce que tu as vécu, mais ce n'est pas une excuse pour m'être montrée si suffisante.

– Moi aussi, je t'ai jugée, Estelle. Oublions cet épisode. L'essentiel est ce que nous sommes en train de partager. Je te remercie de m'avoir autorisée à parler de mon mari et exprimer enfin mon chagrin.

– Si Mama n'était pas arrivée, je ne sais pas ce que j'aurais fait. Comment te sens-tu maintenant ?

– Je me sens en vie. J'ai l'impression de refaire partie du monde. Je ne peux pas dire que je vais mieux pour le moment, mais j'ai le sentiment d'avoir été reconnue et entendue. Disons que je passe du désespoir à…

Elle s'arrête pour s'assurer de ses véritables émotions. Elle ne veut plus se contenter de mots vides de sens.

– J'éprouve du soulagement, de la tristesse aussi. La brûlure que je ressentais dans la poitrine a presque disparu. D'autres sentiments émergent… Je me souviens avoir été en colère contre Laurent, puis contre moi-même. Pourquoi ai-je eu ce pressentiment si ce n'était pour arrêter le drame ? Pourquoi ne m'a-t-il pas écoutée ? Ah ! soupire-t-elle en saisissant les mains d'Estelle. Le chemin me paraît interminable, mais j'ai envie de me laisser tranquille à présent, je vais cesser de chercher à être bien. Je crois que ma course effrénée pour me sentir mieux m'a éloignée de tout ce que j'étais avant la mort de Laurent. J'avais même oublié combien nous étions heureux. Il fait partie de moi à jamais. Il est toujours en vie à l'intérieur de moi… Et cette idée me rend heureuse. Je perçois une lumière s'allumer en moi. Je me sens moins seule, et la pensée de goûter de nouveau à la vie devient envisageable.

Devant le sourire qui irradie le visage de Caroline, Estelle peut imaginer la femme qu'elle a été.

La cloche met fin à ce moment qui a vu naître la libération, l'apaisement et l'amitié de deux êtres. De retour dans la salle de cours, elles s'installent l'une près de l'autre.

Estelle se retourne et aperçoit Ania, à qui elle sourit chaleureusement. Elle n'a pas oublié qu'elle s'était montrée bienveillante et rassurante lorsque, nouvelle arrivée, elle se sentait si désorientée. Les deux élèves ne se sont pas reparlé depuis ce jour.

Estelle pense à Barbara, mais l'image de son amie s'évapore au profit de scènes auxquelles elle n'avait pas prêté attention. Ces deux derniers jours, les visages de ses camarades sont moins enjoués. Non pas qu'ils soient tristes ou sombres, mais plus focalisés. Sur son écran mental, elle distingue que certains élèves méditent pendant les pauses, d'autres ont le nez plongé dans leur cahier et ceux qui discutent le font en chuchotant. L'atmosphère du manoir s'est transformée. Sa nouvelle intensité semble plus propice à une introspection profonde et solitaire. Estelle se demande si l'énergie d'une seule personne peut influer sur l'ensemble. Ou si l'énergie d'un groupe peut être à l'origine de la décision d'une personne sans qu'elle en ait conscience. Barbara est-elle partie parce qu'elle ne résonnait plus à la même fréquence que le manoir ? Jusqu'à quel point son départ était-il motivé par l'invisible et non par sa volonté ?

Estelle attrape son cahier qu'elle ne quitte plus et consigne minutieusement ses idées :

> Quand nous ne nous sentons pas à notre place, c'est que nous n'y sommes pas ou plus. Nous nous obligeons à nous adapter à un monde dans lequel nous ne parvenons pas à évoluer, pensant que nous avons un problème. Nous travaillons alors sur nous pour nous sentir en adéquation avec les autres. Nous ne nous interrogeons pas pour savoir si le monde auquel nous essayons de ressembler est le nôtre. Plutôt que de nous sentir décalés, inappropriés, étrangers, nous devrions prendre conscience de nos besoins, de nos valeurs, de ce que nous aimons et nous mettre en quête de l'univers qui nous correspond...

Absorbée par son travail d'écriture, elle sursaute en entendant la voix de Mama qui vient d'arriver :

– L'heure du déjeuner approchant, nous ne commencerons pas de nouvel exercice. Cet après-midi, nous aborderons la notion du pardon. Pendant la pause, laissez ce mot se frayer un chemin en vous et retrouvons-nous à 15 h 30 pour en parler.

Chapitre XV

Après un déjeuner avalé avec empressement, Estelle revient à la chapelle pour méditer sur le pardon. La salle est inhabituellement remplie à cette heure du jour. Presque tous les participants ont eu la même idée. Elle scrute l'assemblée et laisse son corps la diriger vers un siège. Les semaines passées au manoir lui ont fait perdre son besoin d'habitudes et elle se laisse guider naturellement par ses sensations.

Une fois assise, elle ferme les yeux quelques instants pour se centrer. Le pardon… Elle se demande si elle l'a déjà accordé. Des visages apparaissent dans son esprit et la replongent dans des souvenirs enfouis. Elle pense à ces personnes qu'elle a rejetées, car elle avait jugé leur comportement inacceptable. Envahie de regrets, elle se mord la lèvre inférieure et déglutit bruyamment. Avant son arrivée au manoir, elle n'avait jamais considéré le mal qu'elle avait pu occasionner. Obsédée par son besoin de contrôle, elle attendait des autres qu'ils agissent comme elle le voulait et occultait leurs sentiments. Elle pense à ses parents, qu'elle accusait de tous les maux…

Le pardon n'est pas aisé. Il signifie renoncer à sa colère. Or, ce sentiment a longtemps été sa colonne vertébrale. Elle n'avait pas même conscience que d'autres émotions existaient en elle. Le pardon aurait pu sauver tant d'amitiés. Elle ne veut pas penser à Philippe en cet instant, les mots « pardon » et « Philippe » ne sont pas compatibles, pas encore, elle ne veut pas se faire violence.

Mama prend place dans son fauteuil devant des élèves prêts pour cette nouvelle étape.

– Je vois que vous avez tous bien travaillé, commence-t-elle. L'exercice que je vous propose est de dire tout haut, chacun à votre tour, le premier mot qui vous vient à l'esprit à l'évocation du pardon. Aucun n'est censuré. Vous avez constaté que ce terme possède un caractère sacré et que nombre d'entre nous n'osons verbaliser les émotions négatives qu'il peut éveiller. Vous noterez dans votre cahier les mots exprimés qui retiendront votre attention et nous nous en servirons pour l'exercice suivant. C'est un travail de libération et non d'auto-persuasion. S'il vous plaît, soyez authentiques et déposez peur et besoin de reconnaissance à vos pieds.

Mama désigne une personne au premier rang pour commencer, puis les mots se mettent à fuser. Ils s'envolent dans l'espace clos de la chapelle, emportant avec eux un bout de l'histoire de chacun, avant de se poser délicatement ou frénétiquement, sur les cahiers des participants.

« Besoin, important, inutile, jamais, espoir, cauchemar, douleur, merde, libération, paix, colère, maman, revivre, don, passé, mal, mort, joie, père, peut-être, rage, Dieu, volonté, enfer, poisson, enfance, pourquoi, réussir, avancer, mourir, connard, bénédiction, pouvoir » et tant d'autres encore sont prononcés, hurlés, chuchotés, offerts.

Après plusieurs minutes, tandis que résonnent encore dans la chapelle l'écho et la douleur que provoque le pardon, Mama prend la parole d'un ton enjoué qui détonne particulièrement avec la lourdeur pesant dans la salle.

– Alors qu'allons-nous faire de tous ces merveilleux mots que nous venons d'entendre ?

Ce ton allègre fait se désintégrer presque immédiatement les miasmes palpables et collants que l'on pouvait sentir autour des élèves, pour laisser place à leurs rires interrogatifs.

– Vous allez choisir cinq mots de votre liste et créer un récit lié à ce qu'ils évoquent pour vous. Vous l'écrirez à la première personne. Essayez de le détacher de votre propre expérience. Mettez-vous dans la peau de celui ou celle qui aurait pu vivre cette histoire, faites vôtres ses émotions et sentiments. Vous avez une heure. Essayez de travailler dans des endroits qui ne vous sont pas familiers.

C'est d'un pas lent et déjà pensif que chacun se met en quête de la place idéale. Les habitudes étant tenaces, presque tous sont déstabilisés par la demande de Mama, mais y répondent de bon gré. Ils comprennent qu'ainsi, ils entreront plus facilement dans la peau d'un autre personnage.

C'est avec attention que les élèves choisissent leurs mots et ceux-ci se mettent en ordre dans leur esprit pour narrer l'histoire d'un être imaginaire et réel à la fois.

Quand la cloche retentit, pris dans leur création, certains sont encore loin d'avoir fini, mais tous rentrent curieux de la suite qui sera donnée à l'exercice.

– Qui souhaite nous lire son récit ? interroge Mama lorsque le calme a pris place, lui aussi, dans la chapelle.

Plusieurs mains se lèvent et, bien qu'Estelle ne fasse pas partie des courageux volontaires, c'est elle que l'enseignante désigne. Sans se faire prier, l'élève monte sur l'estrade et livre les fruits de son imagination :

– J'ai choisi les mots « poisson, enfant, maman, rage, jamais » et je me suis mise dans la peau d'un garçon :

> Le jour de mon neuvième anniversaire, mon grand-père m'a emmené visiter le plus grand aquarium d'Europe, Nausicaá. J'y ai découvert un univers merveilleux et le monde marin est devenu ma passion. Je voulais tout apprendre, tout savoir, le nom des poissons, des plantes et tout ce que je pouvais découvrir sur les océans. Le Noël suivant, papi m'a offert un aquarium que mes parents ont installé dans le salon, car il était trop grand pour ma chambre.

Heureux d'avoir été à l'origine d'un tel engouement, mon grand-père m'apportait un nouveau spécimen à chaque visite. Mon temps libre était presque entièrement dédié à mes poissons. Je prenais soin d'eux et notais tout de leur comportement. Rien ne me rendait plus heureux. Je ne sais pour quelle raison mon passe-temps irritait ma mère. Elle voulait que je sorte de la maison pour m'amuser comme les enfants de mon âge. Lorsqu'à contrecœur, j'accédais à sa demande, je ne trouvais aucun plaisir en leur compagnie. Je voulais parler de mes poissons, ils voulaient jouer au ballon. Un dimanche matin, j'avais alors quinze ans, Maman m'a demandé de ranger ma chambre, mais je devais nettoyer l'aquarium et j'en avais pour la journée. Furieuse que je fasse encore passer mes poissons avant ses demandes, elle m'a envoyé dans ma chambre sous ses cris et le silence de mon père. Je devais y rester jusqu'à ce qu'elle m'autorise à en sortir. C'était la première fois qu'une punition durait si longtemps, je n'avais pas même eu le temps de prendre mon petit-déjeuner. Quand j'ai enfin eu le droit de revenir dans le salon, j'ai trouvé mon aquarium vide. Elle avait jeté tous mes poissons. Devant l'injustice et la méchanceté de son acte, je suis entré dans une rage folle. Je vociférais des insultes et menaçais de la frapper. Mon père m'a attrapé le bras et m'a reconduit dans ma chambre sans un mot pour me consoler ou me calmer. Le geste de ma mère n'avait aucun sens pour moi. Je voulais tour à tour la tuer, fuir de la maison, ne plus lui adresser la parole. Et c'est ce que j'ai fait pendant des mois. Aujourd'hui encore, je ne lui pardonne pas et je pense ne jamais en être capable. Elle m'a privé de ce qui me rendait heureux, sans doute parce qu'elle était incapable de bonheur. Après cet événement, quelque chose est mort en moi.

Le récit génère les applaudissements de l'assemblée. Mama attend la fin des congratulations pour prendre la parole :

– Merci, Estelle. Souhaites-tu commenter ton histoire ou nous dire ce que tu as ressenti en l'écrivant ?

– Oui. C'était une expérience enrichissante. J'ai pu ressentir physiquement et émotionnellement le chagrin et la colère du garçon. J'ai détesté une mère qui n'existait pas, j'en voulais même au père de ne pas l'avoir empêchée d'agir. Je me demande alors jusqu'à quel point mes propres histoires ne sont finalement que cela. Des histoires… Juste des supports à mes émotions. Je les perpétue dans ma tête en y accordant une importance qui n'est pas nécessaire. Ce que j'ai vécu avec un personnage imaginaire, un garçon de surcroît, était réel pour mon corps. Pendant que j'écrivais, pendant la lecture, je n'étais plus Estelle, j'étais lui.

Mama écoute l'élève au-delà de ses mots et lui demande :

– Des épisodes de ton enfance refont-ils surface ?

Estelle cherche dans sa mémoire. D'abord dubitative, elle finit par y découvrir des scènes que son mental avait effacées pour les enfouir dans son subconscient. Alors que son visage s'éclaire de compréhension, Mama l'invite à reprendre son siège et se tourne de nouveau vers les participants afin de détecter ce qu'elle seule peut voir. L'enseignante plisse les yeux et scrute la salle. Son regard se posant sur Ania, elle la prie de prendre la suite.

– Ce sont les mots « père, cauchemar, mal, espoir et rédemption » qui ont retenu mon attention. Je me suis mise dans la peau d'un père :

> Je suis le papa de Cléa et Marie. Mes jumelles que j'ai aimées dès que mes yeux se sont posés sur elles à la maternité. Elles avaient l'air si fragiles, j'avais peur de leur faire du mal avec mes grosses pattes. Mon épouse et moi

passions notre temps à les contempler, émerveillés de leur beauté. Nous ne pouvions nous en détacher. C'était au début. Les semaines passaient et la nervosité due au manque de sommeil commençait à prendre le dessus sur mon amour. Il fallait constamment nous occuper des bébés. Le jour où nous avons appris que nous aurions des jumelles, ma femme a décidé d'arrêter de travailler. Elle pensait que nous réussirions à nous en sortir financièrement. L'inquiétude, la fatigue, les cris permanents ont eu raison de moi. Tous les matins, j'avais l'impression que je sortais d'un cauchemar, mais j'étais toujours ramené à la réalité par leurs pleurs. Je me suis mis à boire, chaque jour un peu plus. Dans mon cœur, il n'y avait de place que pour la violence. Je ne parlais plus, je hurlais. La peur que je lisais dans les yeux de ma femme et mes filles attisait ma rage. J'ai commencé à donner des coups à mes petites très tôt. J'attendais que mon épouse soit absente. Lorsqu'elle remarquait des bleus sur leur corps, je lui disais qu'elles avaient dû se faire mal en jouant. Quand elles ont grandi, je les frappais ouvertement. Après chaque raclée, ma femme menaçait de me quitter, mais elle restait. Puis ses menaces se sont arrêtées et elle se contentait de les consoler. Nous étions tous malheureux et j'en rendais responsables ces petits êtres innocents. Je n'arrivais plus à gérer. Alors l'alcool et les coups se déversaient toujours plus. Un soir, je suis rentré et elles n'étaient plus là. J'ai appris qu'elles avaient trouvé refuge dans un foyer. Ma femme a demandé le divorce. Ce fut un électrochoc. J'ai suivi une cure de désintoxication, une thérapie pour apprendre à contrôler ma colère et j'ai repris ma vie en main. Aujourd'hui, mes filles ont vingt ans et refusent toujours de me voir. Je leur ai écrit des dizaines de lettres pour implorer leur pardon, mais je ne suis pas sûr qu'elles les aient ouvertes. Je vis avec l'espoir qu'elles pourront pardonner à l'homme que j'étais de les avoir mises au monde en enfer. De les avoir brisées au lieu de les soutenir de mon amour. Je ne sais pas si je le mérite, mais je crois en la rédemption. J'aimerais me racheter pour tout le mal que j'ai causé à mes bébés et à mon ex-épouse que j'aime toujours. Alors, si je ne peux pas le faire avec des mots, je le ferai autrement. Je mets de l'argent de côté pour leur offrir un bel héritage. Peut-être que cela leur permettra d'avoir la vie à laquelle elles ont droit et qu'elles n'ont pas eue à cause de moi.

Ania termine son récit en essuyant une larme. Elle relève la tête de son cahier encore prise par l'émotion. Sans attendre que Mama lui en fasse la demande, elle partage ses réflexions avec l'assemblée captivée :

– Je n'ai jamais rencontré une personne capable de tels actes et je ne sais pas comment cette histoire m'est apparue. J'ai ressenti la colère de ce père, son impuissance, sa violence, son incapacité à faire face, puis son besoin de pardon, ses remords, sa solitude. Je ne me serais jamais cru capable de vivre dans la peau d'un être qui a causé tant de douleur. Je ne dis pas que je cautionne, que je comprends de tels agissements ou qu'il faille les pardonner, mais cet exercice me permet de découvrir un autre aspect de l'être humain. L'expérience m'amène à penser que si j'ai pu créer cet homme et ressentir sa violence, sa désespérance et son impuissance, c'est qu'elles existent en moi. La différence entre ce papa et moi est que rien dans ma vie n'a déclenché et entretenu ces émotions. Pouvoir ainsi me connecter à des sensations aussi contraires aux miennes me rend perplexe. J'ai l'impression d'être à la fois Ania et d'autres. Je me sens comme une potentialité qui prend forme en fonction de ce qui est vécu, du monde dans lequel elle naît.

À nouveau, les auditeurs applaudissent lorsque Ania cesse de parler. Mama demande à la narratrice si elle se reconnaît dans cette histoire. Face à la réponse négative, elle insiste :

– Parfois, le comportement abusif ne vient pas du monde extérieur. C'est soi-même que l'on peut briser jour après jour.

L'enseignante s'arrête là et, après un court silence, invite Ania à regagner son siège. Deux autres élèves lui succèdent sur l'estrade avant que Mama ne donne de nouvelles instructions :

– Je vous propose à présent de créer de nouveaux binômes. Vous vous lirez l'un à l'autre vos créations et partagerez l'enseignement que vous en avez tiré. Ceux nous ayant lu leur histoire peuvent se joindre au groupe de leur choix. Vous pouvez rester dans la chapelle, en prenant soin d'occuper tout l'espace.

Lorsque Mama estime leur avoir laissé le temps nécessaire, elle se lève de son fauteuil pour attirer l'attention des participants :

– Il arrive souvent que les émotions et souvenirs à l'origine de nos dysfonctionnements ne puissent pas se frayer un chemin jusqu'à notre conscience. Raconter l'histoire d'un personnage imaginaire peut se révéler une aide précieuse pour débusquer ces parts de soi qui sont si bien enfouies qu'elles deviennent étrangères. Est-ce que certains d'entre vous ont choisi d'utiliser leurs mots pour créer un récit positif ?

Aucune main ne se lève. Elle poursuit :

– Il y a une raison à cela. Je vous propose de continuer vos investigations dans votre journal. Ne vous forcez pas à trouver les réponses dès ce soir, laissez votre conscience faire son travail de reconstitution et compréhension pour que la clarté prenne place en vous. Il est à présent l'heure de dîner. Si vous le souhaitez, nous nous retrouverons ici à 21 heures pour une lecture que Carl a la gentillesse de nous proposer.

Avant de quitter l'estrade, Mama pose sur lui un regard empli de tendresse, qui fait naître de la jalousie dans le cœur d'Estelle.

Elle ne lui a pas reparlé depuis le soir où elle a fait de lui le témoin de son effondrement salvateur. Non qu'elle soit gênée de s'être laissé aller, mais elle craint de devenir un poids pour lui.

Les élèves profitent du dîner pour oublier le personnage qu'ils ont inventé. S'immerger ainsi dans l'histoire imaginaire d'un autre les a autorisés à explorer des recoins de leur être dans lesquels ils ne s'étaient jamais aventurés, ces endroits sombres que l'on cache à soi et aux autres, et que seules les expériences malheureuses amènent à la surface. Le discours de Mama les a troublés, car leur création fait en réalité partie d'eux et l'ignorer les empêche de s'envisager comme un tout. Ils restent fragmentés avec des parties acceptables et d'autres profondément cachées dans l'inconscient, inavouables. Ce soir-là, ils ont encore besoin de masquer ces zones opaques et, si ce n'était à eux-mêmes, au moins à leurs camarades.

De nouveau rassemblés dans la chapelle, les participants attendent la lecture du soir. Les premiers arrivants aperçoivent Mama assise au premier rang, comme une simple auditrice, et plusieurs d'entre eux se pressent autour d'elle pour mieux s'imprégner de son énergie. Estelle est tentée de les suivre, mais se ravise.

Sans regarder les élèves, Carl fait son entrée et avance sur l'estrade. Les yeux rivés sur le sol, il s'installe sur le fauteuil réservé à l'enseignante, prenant ainsi une dimension nouvelle.

– Bonsoir à tous, commence-t-il. J'ai choisi un texte d'Osho, un maître spirituel indien pour ceux qui ne le connaissent pas. C'est un extrait du livre *The Book of Wisdom*.[2] Je ne sais s'il existe en français, mais j'ai effectué une traduction du passage que vous allez écouter. C'est un texte sur la confusion qui m'a beaucoup aidé.

---

2. Osho, *The Book of Wisdom*, Osho international, Revised edition, 16 juillet 2009.

S'il y a une sensation commune à l'ensemble des participants, c'est bien la confusion. À l'annonce du sujet, Estelle fouille dans son sac pour attraper un stylo et son cahier. Ses voisins tournent les yeux vers le lieu d'où provient le bruit troublant le calme solennel de la chapelle, et décident de l'imiter. Carl entame sa lecture d'une voix lente et monocorde, afin de permettre de s'approprier les paroles du maître indien.

La bille sur sa page blanche, l'attention entièrement fixée sur les paroles de Carl, Estelle attend que soit expliqué comment sortir de cet état qu'elle ne connaît que trop. Quelle n'est pas sa surprise d'entendre des phrases comme : « Ressentir la confusion nécessite une grande intelligence », « Ressentir la confusion, le chaos, est l'apanage des plus intelligents », « Si vous êtes tout à fait confus, cela signifie que le mental a échoué, à présent le mental ne peut plus vous fournir de certitude », « Je ne peux pas dire que vous parvenez à la certitude. Non, parce que c'est aussi un mot uniquement applicable au mental et au monde du mental », « Lorsque la confusion disparaît, la certitude disparaît également ».

Estelle n'a pas le temps de noter les dernières phrases, mais elle écrit ce qu'elle en a compris. « Quand nous laissons tomber le mental, apparaissent la lucidité et la transparence. »

Carl reprend son ton habituel pour clôturer son intervention :

– Je suggère que nous restions ensemble une quinzaine de minutes pour méditer sur ce que ces réflexions nous évoquent. Que ceux qui sont trop fatigués n'hésitent pas à sortir. Je vous demande simplement de le faire avant que nous commencions la méditation.

Toute sa vie, Estelle a cherché à s'accrocher à des certitudes pour se donner un sentiment de sécurité, mais elles semblaient se mouvoir en permanence, changer de direction, lui échapper. Ce qu'elle croyait un jour n'était plus valable le lendemain.

Le texte d'Osho la soulage d'autant plus que sa présence au manoir participe à bousculer nombre de ses croyances. Elle a toujours cru qu'avoir des convictions sur elle, les autres ou l'avenir éloignerait la peur, mais ce texte vient lui apprendre que ce n'est pas le chemin de la délivrance. Au contraire, elle s'emprisonne et se prive de la capacité de réfléchir en dehors des sentiers battus par ceux qui ont eu la bravoure d'envisager de nouvelles possibilités. Le courage de vivre en ne sachant pas de quoi demain sera fait libère. Il permet d'aimer le présent au lieu d'attendre un devenir ou un potentiel qui n'arrivera peut-être jamais. Envisager la vie au présent est la voie de la lucidité et de la clarté. Vouloir contrôler l'avenir mène à l'aliénation et la confusion.

Afin de respecter le silence de la méditation, Estelle a rangé son cahier, mais elle espère retenir ces dernières idées pour les noter dès son retour dans sa chambre. Prenant conscience qu'à travers ce souhait, c'est encore la certitude qu'elle recherche, elle choisit de faire confiance à son esprit pour retenir ce dont il a besoin. Elle se promet alors de ne plus écrire durant les lectures, car c'est, en réalité, une façon de créer de la sécurité, de jalonner son parcours au manoir et hors de ces murs. La bravoure, c'est entrevoir son départ sans peur de ce qui arrivera.

Carl se lève et quitte l'estrade. C'est le signal qu'il est temps d'aller se coucher.

Chapitre XVI

Le lendemain matin, assise sous le belvédère, Estelle est enfin fière d'elle : il lui est devenu aisé de ne plus suivre le cours de ses pensées. Elle se laisse traverser par elles et parvient à rester focalisée sur un mantra, un endroit de son corps ou sa respiration, selon les consignes du jour. L'évocation intérieure de son retour à Paris réveille en elle des sentiments d'excitation et d'espoir mêlés à l'inquiétude et la nervosité. Elle devra reprendre sa vie à l'endroit même où elle l'a laissée en l'abordant avec sa nouvelle conscience. En sera-t-elle capable ? Elle voudrait qu'un événement contrariant survienne au manoir pour s'assurer qu'elle peut y faire face émotionnellement. Assaillie par ses pensées, elle n'entend rien de l'objet de la méditation marchée et avance machinalement jusqu'au retentissement de la cloche.

De retour dans sa chambre, elle attrape son cahier et se pose sur le lit.

> Hier soir, je me disais que le courage était de n'être sûre de rien. Aujourd'hui, je voudrais contrôler mon avenir à l'extérieur du manoir. Tout ce que je peux faire est d'observer chaque situation avec discernement, sans y apposer mes peurs, mes croyances ou mes jugements. Je suis libre de participer à ce qui est bon pour moi et de me détacher de ce qui ne me convient pas. Cette pensée dissout quelque peu mes inquiétudes et me laisse envisager mon retour avec sérénité. Pourtant, lorsque je m'imagine physiquement à Paris, mon corps se crispe et des souvenirs douloureux refont surface. Dois-je écouter mon corps ou mes pensées ? J'ai appris au manoir à faire confiance à mes sensations physiques plutôt qu'aux discours de mon mental, mais où prennent-elles naissance ? Dans ma peur

du futur et mes expériences passées ou dans l'intuition que je ne suis pas encore prête ? Quelle que soit la réponse, je suis heureuse de constater que j'apprends à écouter toutes les parties de moi. Je cesse de nier ou rejeter ce qui m'habite et l'autorise à s'exprimer librement.

Calmée par ses propres mots, elle redescend pour prendre son petit-déjeuner. Elle aime que le premier repas de la journée soit silencieux. À son arrivée, elle avalait la nourriture sans conscience, pressée de quitter ce moment qu'elle vivait comme une oppression ; au fil des semaines, elle a appris à savourer chaque bouchée en ressentant le plaisir qu'elle lui procure. C'est une façon pour elle de continuer les exercices matinaux. À Paris, elle s'était inscrite à des cours de méditation de pleine conscience où on lui avait suggéré de manger ainsi. Elle n'y était jamais parvenue et avait fini par mettre fin à son abonnement. Elle préférait accompagner ses repas de séries, de réseaux sociaux ou de conversations téléphoniques. Aussi ne connaissait-elle jamais la satiété et elle continuait de manger au-delà de ses besoins. Au manoir, sans qu'elle ait eu à faire appel à sa volonté, ses troubles alimentaires semblent s'être ajustés d'eux-mêmes. Elle ne sait pas ce qui a permis cette guérison, mais elle n'a plus besoin de se remplir de nourriture. Peut-être que le ping-pong entre l'anorexie et la boulimie prendra fin dans ce lieu. C'est son vœu en avalant sa dernière bouchée.

La chapelle est lumineuse ce jour-là. Les rideaux ouverts laissent pénétrer le soleil jusque dans les recoins les plus sombres. Les nuances de jaune, plus brillantes qu'à l'accoutumée, rendent l'apparition de Mama angélique. Elle s'installe dans son fauteuil et garde le silence. Les yeux clos, elle prend le temps de se mettre à l'unisson de ses aspirants au bien-être. Elle ne prévoit jamais les exercices qu'elle donnera, le sujet de ses cours, ni même ce qu'elle dira. Elle s'adapte à ce dont les participants ont besoin et laisse agir son intuition. Généralement, elle se connecte à l'atmosphère du manoir à la fin de la méditation marchée, mais, ce matin-là, les pensées de chacun sont trop éparpillées et disparates pour qu'elle ait pu y déceler le fil directeur de la journée. Sa présence apaisante harmonise l'assemblée et elle peut enfin percevoir le besoin de ses élèves.

– Bonjour à tous, dit-elle en ouvrant les yeux. Aujourd'hui, nous continuerons sur le thème du pardon. L'objet n'est pas de vous pousser à pardonner, mais de mettre en lumière les systèmes que vous avez mis en place pour surmonter les difficultés de la vie. Je vous propose un nouvel exercice créatif. Choisissez une personne que vous considérez vous avoir fait du mal. Et, en prenant son point de vue, imaginez qu'elle vous écrive une lettre pour implorer son absolution. Pensez aux excuses qu'elle pourrait invoquer, à sa vie, à ce qu'elle ressentait quand les actes se sont déroulés. Dans la réponse, que vous ferez également par écrit, l'option du pardon vous appartient, l'important est que vous contactiez vos émotions encore inconscientes.

Mama a perçu la crispation de certains lorsqu'ils ont entendu « une personne que vous considérez vous avoir fait du mal ». Le moment venu, cette formule qu'elle a prononcée sciemment leur permettra de comprendre qu'ils détiennent le pouvoir quant à leur guérison émotionnelle.

– Prenez votre temps, relisez-vous, réécrivez s'il le faut. Nous nous reverrons à 15 h 30. Comme hier, essayez de trouver un endroit qui ne vous est pas familier. Vous pourriez, par exemple, permuter vos chambres pour la matinée si vous promettez de ne pas juger l'éventuel désordre, termine l'enseignante sous l'hilarité générale.

L'idée de l'échange des chambres ravit les élèves. Estelle hérite de celle de Gabriel. Elle trouve son nouveau lieu de réflexion propre et ordonné. Les roses écrites sont accrochées au mur au-dessus du bureau et entourent un poème. Avant de commencer, Estelle ne peut résister à l'envie de le copier :

Il meurt lentement
celui qui ne voyage pas,
celui qui ne lit pas,
celui qui n'écoute pas de musique,
celui qui ne sait pas trouver grâce à ses yeux.
Il meurt lentement celui qui détruit son amour-propre,
celui qui ne se laisse jamais aider.
Il meurt lentement celui qui devient esclave de l'habitude,
refaisant tous les jours les mêmes chemins,
celui qui ne change jamais de repère,
ne se risque jamais à changer la couleur de ses vêtements
ou qui ne parle jamais à un inconnu.
Il meurt lentement celui qui évite la passion et son tourbillon d'émotions,
celles qui redonnent la lumière dans les yeux et réparent
les cœurs blessés.
Il meurt lentement celui qui ne change pas de cap lorsqu'il
est malheureux au travail ou en amour,
celui qui ne prend pas de risques pour réaliser ses rêves,
celui qui, pas une seule fois dans sa vie, n'a fui les conseils
sensés.
Vis maintenant !
Risque-toi aujourd'hui !
Agis tout de suite !
Ne te laisse pas mourir lentement !
Ne te prive pas d'être heureux ![3]

Elle relit le poème une fois encore avant de s'installer sur le lit.

---

3. *Il meurt lentement* est la traduction du poème *A morte devagar* attribué
à tort à Pablo Neruda. Il est en réalité de Martha Madeiros.

C'est évidemment Philippe qui envahit son espace mental lorsqu'il s'agit de pardon. Généralement pour conclure qu'elle ne pourra jamais le lui accorder. Envisager de prendre le point de vue de son bourreau la révulse, mais elle doit s'y résoudre, car personne d'autre n'a saccagé sa vie comme il l'a fait.

L'exercice semble impossible à réaliser. Elle se lève pour prendre un verre d'eau, fait les cent pas autour du lit, sautille en bougeant les bras, relit le poème, regarde par la fenêtre, se rassied, fait des dessins dans son cahier. Elle ne cesse de se répéter « Je suis Philippe, je suis Philippe, je suis Philippe » sans pouvoir s'empêcher d'ajouter « Je suis une ordure ».

Elle pose la bille de son stylo sur sa page blanche et attend que les mots s'écrivent d'eux-mêmes. Un souvenir lui revient alors en mémoire. Ils étaient ensemble depuis quelques semaines quand, pensant l'aider, elle lui a proposé des cours d'orthographe. Visiblement agacé, il lui avait répondu : « Je ne suis pas assez bien pour toi, n'est-ce pas ? Tu es vraiment comme ma mère ! »

De cet épisode jaillissent une série d'autres que son cerveau peine à contenir. Ressentant de la colère contre elle-même, elle devient Philippe :

Estelle,

Je croyais avoir des sentiments profonds pour toi. En réalité, je ne savais pas ce qu'était l'amour. Je ne connaissais que colère et amertume. Pour mes parents, j'étais un raté. Lorsque leurs amis demandaient quelles études j'allais faire, ma mère levait les yeux au ciel en disant que je n'arriverais jamais à rien, que je n'avais pas hérité des gènes de l'intelligence. Quand je t'ai rencontrée, j'étais empli de frustration et d'une rage que je n'avais jamais pu exprimer à ma mère. Je la haïssais et c'est elle que je voyais dans toutes les femmes qui entraient dans ma vie, mais toi seule avais la capacité de supporter ma mauvaise humeur, mes réactions brutales, mes paroles abusives. Les autres partaient. Celles qui restaient ne me donnaient pas envie, car elles ne réagissaient pas comme j'en avais besoin. Avec toi, c'était différent. Tu t'intéressais à moi, mais tu voulais me changer, m'améliorer, me faire évoluer, selon tes propres mots. Alors, quand je te faisais mal, j'avais l'impression de pouvoir me venger de mon passé. Je n'ai jamais vraiment pensé à toi comme à un être humain souffrant de mon comportement. Tu étais l'objet qui me permettait de me supporter. Je m'abhorrais. Et reporter la haine sur toi me permettait de me détourner de celle que j'avais à mon égard. Tout mon esprit était orienté vers le mal que je pouvais te faire. Plus j'étais brutal avec toi, plus tu t'accrochais à moi. C'était presque jouissif. J'étais resté le petit garçon qui voulait tuer sa mère. Chaque fois que j'ai cru te perdre, j'étais en panique. Tu étais ma bouée, ma sauveuse, tu acceptais tout. Parfois, j'avais l'impression que tu en redemandais. Puis j'ai rencontré une femme qui m'a aimé pour moi. Elle n'a pas cherché à me changer. Elle n'a pas vu en moi ce que je pouvais devenir, elle m'a accepté tel que j'étais. C'était la première fois que je me sentais à ma place, adulte, homme. C'est auprès d'elle que j'ai compris combien nous nous rendions malade l'un l'autre. Et plus que jamais, je t'en ai voulu. En me laissant faire, tu m'as autorisé à devenir un être abusif, immoral, malade. Tu as fait de moi un monstre. Je t'ai détestée pour cela et je voulais te le faire payer. Maintenant que je sais ce qu'est le véritable amour, je peux te dire que tu ne m'as pas aimé. À aucun moment. Tu m'as utilisé pour guérir tes propres blessures. Sans doute ne seras-tu pas d'accord, mais nous avons tous deux des torts dans cette histoire dysfonctionnelle. Aujourd'hui, je vis avec une femme auprès de laquelle j'ai envie de devenir meilleur. Chaque jour, j'apprends à m'aimer un peu plus. Quand je pense à toi, je me sens mal. Je réalise que j'ai mal agi. J'oscille entre la colère et la honte de ce que j'étais devenu. Et je n'ai plus envie de ressentir cela. Alors j'ose venir vers toi pour te demander de m'accorder ton pardon. J'espère que toi aussi tu as trouvé le bonheur auprès d'un homme que tu peux voir comme ton égal. Je te le souhaite sincèrement. Je sais que je t'ai brisée, mais sache que ce n'était pas le vrai moi. C'était un môme abîmé lui aussi qui aurait eu besoin de guidance et d'accompagnement.

Pardonne-moi, Estelle.

Philippe

À peine finit-elle qu'Estelle s'écrie : « Quel tordu peut écrire une horreur pareille ? »

Stupéfiée, elle prend conscience qu'elle vient de vivre un moment de transe pendant lequel elle était tout sauf elle-même. Elle veut relire la lettre, mais les mots défilent sans qu'elle puisse fixer son attention sur leur sens. Ils semblent s'entrechoquer de-ci, se délier de-là et se mélanger pour devenir illisibles. « Peut-être est-ce ainsi que Philippe a perçu la situation, mais cela ne signifie pas qu'il ait raison », tente-t-elle de se rassurer. C'est certainement sa façon de se réconcilier avec ses actes, se dit-elle. C'est lui qui a porté la main sur elle tant de fois, c'est lui qui l'humiliait, la rabrouait, lui retirait toute joie de vivre. Elle est bouleversée par ce qu'elle vient d'écrire : pourquoi ne s'est-elle pas contentée d'un simple « Pardon, Estelle » ? Oui, effectivement, elle est restée, mais cela ne signifie pas qu'elle n'a pas été une victime. Un torrent émotionnel s'abat sur elle et elle ne parvient pas à faire le tri entre ce qui lui appartient et ce qui vient de Philippe.

Pour écrire sa propre lettre, Estelle a besoin de sortir de l'énergie qui la submerge. Elle arrache les pages contenant les écrits d'un Philippe imaginaire dont les paroles sont celles qu'il aurait pu prononcer et pose son cahier sur la table de travail. Après s'être recentrée, comme pour la première lettre, elle attend que les mots glissent le long de ses doigts pour atterrir sur la page vide.

Philippe,

Que répondre à ta lettre ? En la lisant, je n'y ai trouvé que justifications de tes actes ignobles et cruels. Tu t'affranchis de tes fautes sur ta mère et moi – si tant est que tu les considères ainsi. En aucun cas tu n'exprimes de réels regrets. Tu ne trouves plus d'excuses à ton mal-être présent, aussi t'es-tu souvenu qu'il existe une personne sur cette terre qui a porté ton fardeau un jour et sur laquelle tu crois pouvoir te décharger à nouveau. Je te laisse la responsabilité de ce que tu ressens si tu en es capable. Chercher à te pardonner signifierait que j'ai encore besoin de toi, que j'attends la guérison de celui qui m'a fait du mal, que je ne peux pas avancer sans toi. Cela voudrait dire que tu fais encore partie de ma vie. Or, tu n'entres pas dans l'équation de mon bonheur. J'en suis la seule responsable.

Estelle

Avant de reprendre la lecture de ses lettres comme le veut la consigne, elle a besoin d'une pause. Elle passe par la tea room pour profiter d'une boisson chaude et se rend dans le jardin dans un état second. Ses gestes sont mécaniques, elle n'habite plus son corps. Glacée de l'intérieur, elle tient son gobelet entre les mains pour se réchauffer alors qu'il fait trente degrés à l'extérieur. Devant elle, Gabriel se tient immobile, les yeux fixés sur le néant. Elle le regarde sans le voir.

Quand elle retrouve ses esprits, elle remonte dans la chambre pour terminer son travail. À la relecture des écrits chimériques de Philippe, de nouvelles émotions surgissent. Sans pouvoir les définir encore, elle les sent anciennes, puissantes et douloureuses. Les larmes qui ont pris naissance dans son cœur brisé lui brûlent les yeux. Elle relit plusieurs fois encore les excuses de son ex-compagnon. Puis, enfin, la clarté se fait en elle. Elle reprend son cahier pour y noter une prise de conscience qu'elle pressent décisive :

> Ces mots ne sont pas ceux de Philippe. Ce sont les miens. Tapie au fond de moi, recouverte par la colère et la douleur, c'est la culpabilité qui se cache. Je me sentais coupable quand il me frappait, quand il ne me regardait pas, quand il me disait que j'étais la cause de ses souffrances. Ces mots, ce sont les miens. Ce sont mes discours intérieurs que je ne parvenais plus à distinguer tant ils étaient habituels. Comme le goutte-à-goutte d'un robinet que l'on finit par ne plus entendre, car il fait partie de notre environnement sonore. On oublie qu'il nous agaçait. Dès les premiers instants, Philippe a perçu cette culpabilité et s'en est servi pour faire de moi sa proie. Quant à moi, je ne la sentais pas, je ne la connaissais pas, je ne la voyais pas, Pourtant, elle est le socle de toutes mes émotions. C'est sur ses fondations que j'ai construit l'être que j'habite. Elle est le ciment qui en assemble les briques. Ces mots, ce sont les miens. C'est ce que je pense de moi. D'où vient cette culpabilité ? Est-il seulement important de répondre à cette question ? L'essentiel n'est-il pas que je puisse enfin définir ce qui est à l'origine de mes choix ? Chacun d'eux sert probablement à son expiation. Je ne veux plus me faire mal. Bien avant de savoir comment prendre soin de moi, c'est cela que je veux pour moi.

Estelle patiente devant son cahier, attendant que d'autres phrases en remplissent les lignes avides de ces petites lettres créées par l'homme pour le libérer de tout ce qu'il ne peut garder à l'intérieur. Rien d'autre ne sort de ses entrailles, qui semblent avoir expulsé ce qu'elles contenaient depuis trop longtemps. Estelle retourne à sa réponse. Sa relecture n'offre plus le sens qu'elle avait voulu y mettre. Elle la pensait emplie de sagesse et de grandeur d'âme. La réalité est qu'elle cherchait à faire du mal à Philippe. À se faire du mal, encore. Elle reprend son stylo :

> Philippe,
>
> Je me pardonne.
>
> Estelle

Cela ne sonne pas encore juste. Elle rature les mots, déchire lentement le papier pour laisser infuser ses dernières réalisations.

> Estelle,
>
> Je te pardonne.
>
> Estelle.

Son cœur s'apaise. Son visage sourit. D'autres idées se font jour, qu'elle pose sur son carnet :

> Je pensais être faite d'un bloc. Lorsque je ressentais la tristesse, j'étais triste, si j'éprouvais de la colère, j'imaginais que tout en moi l'était, mais une émotion, un sentiment ne constitue pas la totalité de ce que je suis. Aujourd'hui, je décèle que différentes parties coexistent en moi, parfois, les unes au détriment des autres. Jusqu'à présent, c'était la part coupable qui dominait ma personnalité. Désormais,

je lui retire ce pouvoir, car ce n'est pas son rôle de me guider. Elle est née dans une Estelle enfant et l'empêchait de devenir adulte et responsable de sa vie parce qu'elle n'avait de cesse de se réparer. Aussi perpétuait-elle les mêmes schémas n'engendrant que plus de douleur et de culpabilité. Prendre conscience de l'existence de ce sentiment me montre certes les dégâts qu'il a occasionnés pour moi et les autres, mais que je peux agir et penser différemment désormais. Je reprends les rênes de mon devenir.

Ses épaules se délestent de la tension qui les écrasait et le calme s'installe dans chacune de ses fibres. Dans son ventre, se mêlent l'amour et... la faim.

Jetant un regard autour d'elle, elle se sent à l'étroit dans la chambre de Gabriel, elle a besoin d'espace, de nature, de vie. Elle range ce qu'elle a déplacé, rassemble ses affaires et s'apprête à sortir quand elle entend le locataire des lieux l'interpeller de l'autre côté de la porte. Lorsqu'elle lui ouvre, il est éclaboussé de lumière. Le soleil de midi traverse la fenêtre et la porte pour inonder le sombre couloir.

– Tu veux que nous déjeunions ensemble ? suggère Estelle.

– Je venais justement te le proposer.

Leur assiette à la main, ils avancent de longues minutes à la recherche de l'endroit qui accueillera la nouvelle énergie dont ils se sentent emplis. Sans se concerter, ils s'arrêtent devant un étang que ni l'un ni l'autre n'avait encore vu ; leur progression intérieure élargit leur monde extérieur.

Affamée, Estelle prend le temps d'avaler quelques bouchées avant de rompre le silence paisible dont ils profitent tous deux.

– J'ai aimé le poème accroché au mur de ta chambre.

– Oui, il m'accompagne partout. Depuis ce matin où je ne trouvais plus de sens à ma vie.

Estelle ne répond pas, mais Gabriel n'en est pas mal à l'aise. Au contraire, son silence lui donne l'espace nécessaire pour entendre ses propres pensées, pour écouter ce qui émerge en lui et laisser ses idées se transformer en mots.

– J'ai repris la société de mon père quand il a décidé de prendre sa retraite. J'avais épousé la fille de son meilleur ami. Je faisais du golf comme lui. Je me croyais heureux. J'avais tout : une compagne exceptionnelle, de l'argent, une maison agréable et, sans signes avant-coureurs, je me suis réveillé un jour dans la peau d'un autre. Comme si quelqu'un avait pris ma place dans mon corps et se demandait ce qu'il faisait là. Je ne reconnaissais plus rien. L'expérience était presque surnaturelle. Ma femme me parlait, mais les mots pour lui répondre ne me venaient pas à l'esprit. J'ai commencé à dormir dans la chambre d'ami sans pouvoir lui en donner la raison. J'ai cessé de travailler, obligeant mon père à reprendre les rênes. Je ne savais pas ce qui m'arrivait et me sentais incapable de le découvrir seul. J'ai vu des thérapeutes en tout genre et le mot dépression a été posé sur ce que je traversais. Mon travail intérieur m'a permis de comprendre que je vivais la vie de mon père. Et lorsque le véritable Gabriel est venu au monde – c'est ainsi que je l'ai ressenti – il ne pouvait pas se reconnaître dans ce modèle. J'ai traversé ce qu'on m'a dit être la « nuit noire de l'âme ». Concrètement, je n'ai jamais eu aucun problème. J'ai eu une enfance heureuse, mes parents m'adoraient, j'ai fait des études brillantes. Je n'avais aucune raison de souffrir autant. Pourtant, j'ai eu l'impression d'avoir vécu une mort intérieure et de devoir faire le deuil de moi-même.

Il regarde Estelle en esquissant un sourire désabusé avant de continuer :

– Pour la première fois ici, j'ose dire que je suis une personne sans problèmes qui s'en fabrique pour trouver un sens à sa vie…

– Pourquoi ?

– Je me sens en décalage avec les autres élèves. Je n'ai croisé que des personnes qui font face aux traumatismes, parfois multiples, qu'ils ont subis. Ce n'est pas mon cas. Et je crois qu'ils le sentent, car, depuis mon arrivée, dès que j'ouvre la bouche, ceux auxquels je m'adresse me donnent des conseils, me disent ce que je devrais penser, dire ou ne pas dire. Tu es la première qui ne m'assène pas des phrases toutes faites et des concepts stériles.

– Tu sais ce que j'aime dans cet endroit, Gabriel ?

Sans attendre de réponse, elle poursuit :

– Je suis venue voir un maître spirituel qui me donnerait toutes les clés pour m'en sortir. Je pensais être seule avec Mama. Je l'imaginais discourir tout au long de la journée pour m'apprendre le chemin de la paix et me métamorphoser, mais j'ai trouvé infiniment plus. Mama ne nous inculque rien. Au début de mon séjour, je me souviens l'avoir entendue nous dire que les mots nourrissent le mental et que l'expérience du corps est le seul véritable déclencheur de la transformation intérieure. Et c'est ce que permettent les exercices qu'elle nous propose. Elle nous offre l'occasion d'expérimenter, de nous interroger, de tirer nos propres enseignements de nos découvertes. Le fait que nous soyons en groupe nous permet de devenir des miroirs les uns pour les autres et d'en apprendre davantage sur nous. Elle ne nous emmène pas dans son monde, elle nous fait découvrir le nôtre. Cela n'a pas de prix à mes yeux. Si on me demandait de lui donner un titre, je ne sais pas ce que ce serait. Elle n'est pas un maître ni même un guide, parce qu'un guide décide de l'endroit où nous allons. Gabriel ne répond pas. Si les autres sont des miroirs, qui est-il ? se demande-t-il.

Le sentant se perdre dans ses réflexions, Estelle choisit d'alléger leur conversation :

– Si tu devais parler de Mama, en quels termes le ferais-tu ?

Il avait été dérangé par le laconisme de la maîtresse des lieux, mais après la matinée qu'il vient de passer, il mesure l'intelligence d'un enseignement par l'expérience et non par la parole.

– Je ne sais pas, mais je te promets d'y réfléchir, répond-il en souriant.

Sur le chemin du retour, ils devisent encore sur le titre qui conviendrait le mieux à Mama avant de retourner dans leur chambre respective.

Chapitre XVII

L'enseignante est déjà installée sur son fauteuil attendant les retardataires et le silence pour commencer le cours de l'après-midi.

– En restant à votre place... commence-t-elle en marquant un arrêt afin que chacun pose son attention sur elle, tournez-vous vers votre voisin ou voisine et dites-lui comment vous vous sentez. Une fois que vous aurez fini, faites de même avec la personne qui se trouve de l'autre côté. Ne soyez pas avares de mots. N'hésitez pas à garder les yeux fermés pour ressentir et communiquer votre état d'être. Observez votre ventre, votre cœur, votre tête... et votre corps entier, puis donnez-lui une voix en exprimant à votre partenaire ce qui se passe en vous à l'instant présent. Vous avez une demi-heure. Je vous laisse vous organiser pour savoir qui commence.

Les élèves tentent pendant plusieurs secondes de décider dans quel sens démarrer. Ils auraient préféré que Mama soit plus précise afin d'éviter la confusion. Le silence finit par l'emporter sur le chaos lorsque les élèves les plus affirmatifs deviennent les gendarmes de chaque rangée. Ceux qui doivent démarrer se centrent pour laisser jaillir ce qui les habite et qu'ils parviennent difficilement à réaliser sans cet effort conscient.

C'est volontairement que Mama a manqué de clarté dans ses instructions, car elle veut que chacun reprenne contact avec ce qu'il a vécu lors de l'exercice du matin. Elle sait que le pardon réveille les vieilles blessures, mais le mental, prompt à mettre le voile sur les véritables émotions, aura eu le temps de faire son œuvre pendant la pause méridienne. Aussi, créer le désordre permettra aux élèves de retrouver le tumulte qu'ils ont ressenti quelques heures auparavant.

On peut entendre des éclats de voix, des chuchotements, des rires, des larmes, des grognements même. Lorsque l'enseignante perçoit que les conversations portent sur d'autres sujets que celui proposé, elle reprend la parole et demande à un élève de partager ses réflexions.

– Je viens de faire une découverte ! s'exclame-t-il avec enthousiasme. Quand je me suis tourné vers Benjamin, je parlais fort, j'éprouvais de la colère. Je me sentais habité par une énergie puissante et des sensations assez remuantes. J'avais une boule dans la gorge et l'impression de devoir me hâter pour ne pas impatienter mon camarade. Cela m'a replongé dans le début de ma lettre de pardon, mais lorsque je me suis tourné vers Sybille, ma voix s'est adoucie, j'étais calme, plus serein. Je prenais mon temps pour me sonder et j'ai pu aller plus loin dans l'expression de ce qu'il y avait en moi. J'en conclus que notre énergie est influencée par celle de l'autre. Attention, Benjamin, poursuit-il en regardant son partenaire, je ne dis pas que ma colère venait de toi. En réalité, j'ai contacté des parties différentes de moi en fonction de mes interlocuteurs. Peut-être que d'autres ont perçu ce phénomène ? demande-t-il en regardant l'assemblée.

Une majorité de mains se lèvent.

– C'est étonnant, continue-t-il, nous nous attribuons une identité, un caractère. Nous avons l'impression d'être un vrai soi à part entière, alors que nous nous influençons les uns les autres et que nous exprimons une quantité de soi infinie en fonction des personnes que nous rencontrons. Nous nous interrogeons rarement sur ce que nous éprouvons parce que nous côtoyons certainement souvent l'entourage qui nous ressemble. Nous ne pouvons donc pas vraiment observer que nous sommes différents selon nos fréquentations.

Mama le laisse accéder à ses propres conclusions sans intervenir. Parmi les élèves, ceux qui ont déjà fait cette observation acquiescent de la tête pour marquer leur adhésion, les autres ouvrent de grands yeux, intrigués par ces constatations.

Lorsqu'il se rassied, Mama attend que l'effervescence suscitée par l'éventualité d'être choisi pour rejoindre l'estrade retombe.

– J'aimerais que vous fermiez les yeux et que vous vous remémoriez un souvenir de votre matinée. Observez ce qui naît dans votre tête, ce que vous ressentez pour vous et pour celui qui a sollicité votre pardon en imagination.

Elle ne leur laisse qu'un court instant avant d'inviter Sam à la rejoindre pour lire ses deux lettres. Elle sait que sa demande est déstabilisante pour le jeune homme, mais elle cherche à le sortir de sa zone de confort. Son cœur doit s'ouvrir aux autres, s'il veut le voir un jour s'ouvrir à lui-même.

– Peux-tu commencer ? lui demande-t-elle doucement.

Il se racle la gorge pour en déloger l'angoisse de partager ses pensées les plus sombres.

– J'ai fait l'exercice avec mon père qui, comme vous avez dû le comprendre, me battait.

Il ouvre son cahier et le regarde avec intensité avant de commencer :

Fiston,

Je reconnais t'avoir fait traverser une enfance marquée par la violence, le manque d'amour et des mots cruels. Je t'ai rabaissé, je t'ai humilié, j'ai empoisonné tous les aspects de ta vie. Je pourrais, dans cette lettre, trouver de nombreuses raisons pour expliquer ce que je t'ai fait subir afin que tu puisses me pardonner, mais je ne te ferai pas cet affront. Comment le pourrais-je ? Cela signifierait que je veux effacer ce que j'ai commis. Cela voudrait dire que je te demande de porter le fardeau de mes actes pour m'en décharger. Je m'y refuse. Je suis pleinement responsable de mes agissements et je veux qu'il en soit ainsi. Si un jour tu veux me pardonner, fais-le pour toi, pour ton bien-être et seulement si tu en as besoin. Ne le fais pas pour moi, car je ne le mérite pas. Je ne pourrai jamais réparer le mal que je t'ai fait, je peux seulement en payer le prix. Celui d'une culpabilité permanente qui me torture à chaque instant, comme si je marchais pieds nus sur la braise ardente sans avoir jamais la possibilité de me soulager. Non, fiston, je ne te demanderai pas de me pardonner parce qu'il est des actes impardonnables. Si tu devais le faire, pardonne à la vie de t'avoir fait naître d'un monstre sans cœur, faible, lâche, qui s'en est pris à un enfant sans défense pour se prouver qu'il valait quelque chose quand sa vie lui montrait le contraire. Pardonne à ta mère qui était désemparée et avait peur de moi. Pardonne-toi de ne pouvoir me pardonner. Parce que cela aussi, fiston, c'est du pardon.

Ton père

Sans marquer d'arrêt, Sam tourne la page de son cahier pour lire sa réponse :

Jean-Marc,

J'ai attendu toute ma vie que tu me demandes pardon. Je croyais que je ne serais pas capable d'aller bien un jour sans ce geste de ta part et je te maudissais de ne pas implorer ma clémence. Je pensais que tu refusais parce que tu n'avais aucun remords. En lisant ta lettre, une grande partie de ma colère m'a quitté. Je comprends tes mots et tes sentiments. J'y trouve même de la noblesse. Tu ressembles presque au père de mes fantasmes d'enfant, quand j'imaginais que mes vrais parents me retrouveraient.

Tes remords me suffisent. Le pardon est inutile entre nous. D'ailleurs, je crois qu'il ne se donne pas : c'est un état que l'on atteint lorsque la douleur du passé se transmue en compréhension et enseignement. Vouloir l'atteindre quand la colère est encore vive est impossible. Cela nous détourne de notre véritable travail de guérison intérieure. À cet instant, Jean-Marc, je me fais la promesse que toute mon attention sera tournée vers moi : je décide de prendre soin de moi et d'œuvrer à mon bien-être en dehors de toi et de l'histoire qui nous lie. Comme tu prends la responsabilité de ta vie, je prends la mienne et cesse d'attendre de toi que tu me délivres du mal.

Sam

Nombre de participants sentent leur poitrine s'alourdir d'un sentiment d'inachevé. Ils ont besoin de la suite, comme si le film s'était arrêté au milieu d'une scène de suspense intenable.

Sam éprouve des émotions semblables. Il voudrait que Mama intervienne pour soulager son cœur et la chapelle, dont l'air devient épais et moite, mais il poursuit. Après tout, ne s'est-il pas fait la promesse de prendre la responsabilité de sa guérison ?

– Cet exercice m'a permis de donner un autre sens à l'histoire. Je peux cesser de focaliser ma colère contre lui et commencer à vivre. À force de vouloir qu'il me demande pardon, je lui vouais mon existence, je le voyais partout, même en chacun de vous. J'étais farouche et inadapté. Maintenant, je me sens prêt à ouvrir la porte à tout ce qui vient, sans avoir peur de prendre un coup sur la tête. Après la méditation « Ceci est une extension de la Source », j'avais déjà perçu cette possibilité, pourtant je ne savais comment m'y prendre, puisque mon père peuplait chacune de mes pensées. Nous verrons ce qu'il en sera demain, mais, devant vous, j'ai l'impression d'avoir trouvé le chemin de la lumière. Je crois que la lettre de mon père m'a permis de couper le lien toxique qui nous unissait.

Sam plonge les yeux dans ceux de plusieurs personnes, comme pour leur ou se prouver qu'il accepte l'autre dans son monde. Soutenir un regard lui paraissait insurmontable, mais, aujourd'hui, le rejet et la colère laissent place à la bienveillance, au soutien et à l'amitié. Il est ému. Il a perdu tant de temps et d'énergie à maudire le monde... Il savoure ce moment. Mama le laisse goûter à cette sensation jusqu'alors inconnue. Mille de ses mots les plus éclairés n'auraient pu engendrer une telle réalisation, de telles émotions. Ce qu'elle aime se produit : ses élèves se découvrent, se soutiennent, s'entraident, apprennent les uns des autres... Elle sait que nombre de maîtres enseignent que tout dépend de soi, mais elle est une autre voix : elle croit en la fraternité et la solidarité. Elle estime que, dans un monde interdépendant, l'homme qui le traverse dans la solitude peut perdre son chemin, sa raison et sa foi.

Les élèves sont heureux de pouvoir enfin partager un moment de véritable intimité avec Sam. L'amour inconditionnel paraît si accessible au manoir. L'esprit de communauté et l'abondance qui y règnent permettent à chacun de ne rien attendre, ou presque, de l'autre. Aussi peuvent-ils autoriser leur cœur à s'exprimer et ce dernier, pour peu que le mental le laisse tranquille, est prompt à aimer.

Chapitre XVIII

La journée a été l'une des plus riches émotionnellement. Ils ont besoin du réconfort de nourritures terrestres pour servir de coussins moelleux à leur cœur éprouvé. Estelle se dirige d'un pas rapide vers le buffet, bien décidée à céder à toutes ses envies, quand Ania l'arrête en chemin pour lui proposer de dîner avec elle.

– Bonsoir, Ania. Oui, avec plaisir. Nous nous servons et nous nous retrouvons ici ?

– Oui. Je voudrais te parler à l'écart.

Estelle acquiesce d'un signe de tête et se dirige vers le dressoir. Inquiète, elle espère que les révélations d'Ania ne viendront pas troubler son cœur déjà sollicité par une matinée passée en compagnie de Philippe.

Lorsqu'elles s'installent à l'endroit choisi par Ania, celle-ci déclare avec enthousiasme :

– Tu es la première à l'apprendre, je ne l'ai pas encore dit à Mama : je quitte le manoir à la fin de la semaine.

– Oh ! D'accord… je… hum…

Devant l'expression de surprise d'Estelle, Ania poursuit :

– Tu te demandes pourquoi je t'en parle puisque nous n'étions pas proches ? Je tenais à te remercier, parce que c'est grâce à toi que je peux retourner dans le monde « normal ». En arrivant au manoir, j'étais désespérée de solitude. J'étais obsédée par une seule pensée : rencontrer quelqu'un. Je n'ai jamais eu de relation longue et j'en étais torturée. J'avais l'impression d'être victime d'une malédiction. J'ai consulté des thérapeutes, des voyants, des coachs en tout genre… J'ai essayé tout ce qui se présentait à moi pour comprendre ce qui ne fonctionnait pas.

Certains me disaient que je payais une vie précédente ou que les traumatismes de ma généalogie étaient responsables de mon célibat forcé. Deux m'ont parlé de mon attachement à un jumeau mort dont je n'avais pas connaissance. J'ai pratiqué nombre de cérémonies dans l'espoir d'être sauvée par la magie. Je m'accrochais à chaque théorie en pensant que c'était la bonne. Bref, j'ai dépensé des sommes colossales pour peu de résultats. Lorsque j'ai décidé de venir ici, je me suis dit que si je ne réglais pas mon problème, je me ferais nonne. Et tu es arrivée. J'ai d'abord été frappée par une scène improbable : Sam se dirigeant vers toi, une assiette à la main… Lui qui devient fuyant dès que l'une de nous l'approche. Puis j'ai vu presque tous les hommes du manoir chercher ta compagnie, passer du temps avec toi, se confier à toi. Je t'ai alors observée pour comprendre ce qui nous différenciait. Ce fut une révélation ! Tu te comportes avec les hommes comme avec les femmes. Ils se sentent bien avec toi, en confiance. Ils peuvent être eux-mêmes. Ils ne sont pas sur la défensive, alors que dès que l'un d'eux me parle, je le vois comme un mari potentiel. Je cherche à lui plaire, je me demande ce qu'il pense de moi, ce que je dois dire pour qu'il s'intéresse à moi. Je ne l'écoute que pour adapter mon comportement à son discours afin de le rendre amoureux. Tu me donnais l'impression d'écouter sincèrement, sans chercher à répondre à tout prix. J'ai toujours cru qu'un homme n'aborde une femme qu'avec l'intention de la séduire. Cela me paraît si absurde à présent. Les rares fois où j'ai eu une relation, j'étais une serpillière. Avant de te rencontrer, je n'ai jamais été moi-même avec l'autre sexe… Plus je voulais qu'ils me remarquent, plus j'étais transparente. Comme avec toi, d'ailleurs…

– Pardon, mais pas du tout ! proteste Estelle.

– Rassure-toi, ce n'est pas un reproche, mais une simple observation. Je n'avais aucune consistance, je ne vivais pas à l'intérieur de moi, j'étais entièrement dirigée vers les autres, et les hommes en particulier. J'étais vide de moi. Après ce constat, j'ai fait un pari avec moi-même : le jour où tu me remarquerais serait le signe de mon authenticité, la preuve que j'aurais changé d'énergie. Ne me prends pas pour une folle, mais j'étais souvent autour de toi. Et tu ne t'en rendais pas compte. Un jour, le miracle a eu lieu : tu m'as vue, mais ce moment espéré et attendu n'a rien provoqué en moi. Et c'est une merveilleuse nouvelle. Cela signifie que je n'ai plus besoin que tu m'apprécies… Je ne sais pas si je suis claire, mais…

– Oui, tu l'es, je comprends parfaitement.

– Grâce à toi, j'ai appris à décoder mes comportements pour les corriger. J'ai cessé d'aller vers les autres pour qu'ils m'aiment. Je me sens enfin vraie. En m'amenant au manoir, l'Univers ne répondait pas à ma prière de rencontrer un homme, mais de me trouver moi. Et… Sam est venu discuter avec moi hier, plus d'une heure.

Les deux femmes éclatent de rire. Estelle se demande si elle doit dévoiler son passé à Ania. Elle aussi s'est abandonnée dans l'espoir d'être aimée, mais c'est inutile : Ania n'a pas besoin de cette information. Elle a interprété ce qu'elle a observé et s'en est servi pour s'enseigner à elle-même. Estelle en conclut que lorsque nous entrons dans la conscience, tout ce que nous percevons peut devenir un apprentissage sur soi et pour soi. Elle a servi de miroir, non pas un miroir qui reflète la réalité, mais juste ce qu'Ania avait besoin de voir pour comprendre et modifier son mode de fonctionnement. Elle tait donc ses réflexions et prend les mains d'Ania dans les siennes.

– Je suis heureuse que tu aies trouvé le chemin qui te mène à toi.

– Merci, Estelle.

Elles se prennent dans les bras.

Aucune des deux élèves n'a envie de rejoindre sa chambre. Elles restent allongées sur l'herbe en contemplant un ciel étoilé comme Estelle n'en voit pas à Paris. Elles se racontent les anecdotes les plus amusantes de leur séjour, se confient certains de leurs secrets, devisent sur l'homme qui leur plaît le plus. Puis elles se souviennent qu'il leur faudra se lever à quatre heures le lendemain.

Chapitre XIX

Ce soir-là, allongée sur son lit qu'elle n'a pas défait tant elle est fatiguée, Estelle pense à ce que les autres perçoivent d'elle et se demande pourquoi elle ne parvient pas à se l'attribuer. Cette question résonne encore dans sa tête quand elle est réveillée par la cloche, qui agit désormais comme un déclencheur.

Stéphane a été remplacé par Nadia. Nul ne sait ce qu'il est advenu de lui et, étrangement, personne ne s'en enquiert. Peut-être, à l'instar de Barbara, n'a-t-il plus sa place au manoir, car son énergie n'entre plus en résonance avec celle des élèves présents ?

Une atmosphère mystique règne autour de Nadia. Lorsqu'elle s'exprime, Estelle a l'impression qu'elle récite des incantations magiques. La remplaçante de Stéphane affectionne les méditations guidées et sa voix, mélodieuse et si profonde qu'elle semble directement sortir de son âme, accompagne les élèves dans des mondes intérieurs inexplorés. Ses mots inspirés viennent caresser leur cœur, les réconciliant avec cette part d'eux que certains élèves peinent à approcher.

Nadia n'apprécie pas l'enseignement de Stéphane. Elle le trouve âpre, difficile d'accès, décourageant pour beaucoup. Elle ne nie certes pas ses bienfaits, mais elle croit que la dureté mène à toujours plus de rudesse. Selon elle, ces méditations ont pour but de briser l'ego en le domestiquant, elles font appel à la force du mental, non à la conscience. Or, l'éveil n'apparaît pas dans le mental. Elle aime, par ses mots, provoquer un état de non-limitation, permettre à ses élèves de percevoir leur corps comme une vibration, une vague qui va et vient. Elle veut croire qu'il est possible d'atteindre cette partie éternelle, silencieuse, intacte, par la douceur.

C'est la raison pour laquelle elle aime tant cet endroit. Tout y est conçu pour que chacun se sente choyé, accompagné, soutenu dans sa quête de soi. Après avoir essayé de nombreux courants de pensées, c'est auprès de Mama qu'elle a trouvé les réponses à ses questions, ses attentes et ses valeurs. Elle a souvent rêvé à l'opportunité qui s'est présentée à elle trois semaines auparavant, lorsque Mama l'a appelée pour lui proposer de remplacer Stéphane. Nadia a déjà de nombreux projets en tête pour changer des méthodes qu'elle juge désuètes. La première consiste à cesser d'obliger les élèves à se réveiller aussi tôt pour méditer. Elle n'en voit pas d'intérêt autre que celui d'être une pratique courante dans les centres comme celui-ci, mais elle attendra de faire ses preuves avant de bouleverser les habitudes de ce lieu.

Les méditations matinales, qu'Estelle redoutait le soir avant de s'endormir, ne sont plus une épreuve. Au contraire, elles sont un moment privilégié pendant lequel elle se promène dans les recoins inconnus de son être. Chaque fois que Nadia leur demande d'ouvrir les yeux, Estelle a l'impression de revenir d'un voyage dans l'infini. Elle ne perçoit plus le début, ni la fin, et quitte l'histoire « Estelle » pour entrer dans celle de tout ce qui est. Elle a parfois ressenti cela avec Stéphane, mais la rigueur de l'enseignement rendait l'expérience fugace.

Elle ne nie pourtant pas combien elle a appris avec lui. Elle est notamment devenue capable d'observer ses pensées. Avant son arrivée, elle ne faisait pas la différence entre ces dernières et elle-même, et s'y identifiait totalement. Estelle croyait être ce satané discours intérieur qui la menait presque exclusivement vers le dégoût de soi, la colère, la crainte de l'avenir. Puis, lors d'une méditation, elle a perçu cette part d'elle capable de voir ses pensées prendre naissance et se transformer instantanément en souvenirs heureux ou malheureux, selon son état d'esprit. À ses débuts, à peine posait-elle ses yeux sur la capuche d'un élève que son esprit la propulsait vers le petit ami de sa sœur qui avait toujours froid à la tête, puis vers sa sœur à qui elle n'avait jamais osé parler de Philippe et la honte qu'elle ressentait et, enfin, vers Philippe, toujours lui. Ou lorsqu'elle regardait une rose dans le jardin, les premiers instants avec Mama surgissaient dans sa tête. Elle se souvenait combien elle était malheureuse alors, puis elle se rappelait la raison de son état : Philippe. Quand le taxi l'avait déposée devant le manoir et qu'elle s'était retrouvée face à cette porte d'entrée majestueuse, elle n'avait pu s'empêcher de repenser à son voyage au Maroc… avec Philippe. Elle en avait oublié d'admirer le magnifique travail de ciselure de l'artiste qui l'avait conçue. Elle ne pouvait vivre le présent sans être immédiatement propulsée dans le passé. Elle était incapable de voir la réalité, mais grâce à ces rendez-vous matinaux, Estelle peut enfin admirer ce qui l'entoure. Bien qu'elle s'égare encore parfois, elle a appris à faire la distinction entre sa véritable nature et ce qui ne fait que traverser son esprit. Elle ne peut pas empêcher les pensées de se créer, de se mouvoir, de construire des histoires, mais elle ne les suit plus aveuglément. Elle peut même choisir celles qui lui apportent du bien-être et laisser passer celles qui la desservent.

Lorsqu'elle entend le bol tibétain tinter, elle ouvre les yeux et découvre Mama installée près de Nadia.

– Nous avons maintes fois pratiqué la méditation de désidentification en utilisant la phrase « Le corps fait ceci ou cela », explique l'enseignante. Aujourd'hui, nous irons un peu plus loin, puisque vous cesserez de nommer le sujet et l'objet. Ainsi vous direz : « Cela fait cela », « Cela regarde cela… » Continuez ainsi lorsque vous retournerez dans votre chambre et pendant votre petit-déjeuner : « Cela mange cela », par exemple. Très belle méditation à vous et à tout à l'heure.

Le groupe laisse Mama méditer sous le belvédère et s'éparpille dans le domaine pour expérimenter cette nouvelle façon d'aborder la vie.

« Cela pose cela sur cela, cela voit cela, cela s'assoit sur cela, cela marche, cela sent le parfum de cela, ah ! non, cela sent cela... » Estelle prend plaisir à cet exercice. Il est reposant. Sans en avoir conscience, nommer engendre un discours intérieur permanent. Ce « je » que l'on prononce comme un petit mot anodin contient en réalité toute l'histoire d'Estelle. Il la rend prisonnière d'un rôle, d'une définition d'elle construite à partir d'automatismes et de croyances. Il ne laisse que peu de place au nouveau et à une réinvention possible d'un soi en dehors du passé. « Cela aime cela, cela profite de cela. »

Chapitre XX

« Cela lave cela… » Estelle a passé la journée et la soirée à se parler ainsi et ne s'en lasse pas. Les autres élèves sont devenus des « cela » dans le secret de son cerveau. Les qualifier ainsi leur retire toutes les caractéristiques dont elle les a intérieurement affublées. Cette réflexion lui donne envie d'écrire une rose. Elle a pris l'habitude d'en rédiger en dehors des sujets donnés par Mama, s'offrant alors une forme de sacralité :

Aujourd'hui, j'ai observé la vie en ne nommant rien intérieurement. À travers les yeux de « cela », un « je » regardait un « cela ». J'ai dîné avec un « cela » identifié par le mot Ania. Pour moi, elle était une femme nerveuse et angoissée de n'être pas aimée. C'était aussi celle qui m'admirait et avec laquelle j'avais passé une soirée formidable. Le nom « Ania », chaque fois qu'il était prononcé, transportait avec lui tout ce que j'avais vu ou entendu d'elle. Il faisait d'elle une réminiscence permanente, pas un être avec une existence présente, mais en devenant « cela », Ania a cessé d'être une histoire que je me raconte, et j'ai enfin pu la regarder dans sa réalité. J'ai pu constater que son visage est serein, ses gestes calmes, qu'elle rit souvent et respire désormais la confiance. Son vocabulaire est plus précis et le ton de sa voix affirmé. J'ai alors compris qu'il existait une Ania dans ma tête et c'était à elle que je continuais de m'adresser. Ce faisant, je ne m'autorisais pas à voir Ania se transformer.

En fixant mes croyances sur elle, je ne lui permets pas d'exister en tant que nouvel être. Ne se reflétant pas dans mes yeux, elle ne peut pas prendre conscience des changements qui s'opèrent en elle. Cela m'amène à penser que ce doit être la raison pour laquelle les gens se quittent. Ils ne vivent pas avec une personne en évolution, qui grandit et se transforme, mais avec celle qu'ils ont déjà dans leur tête ; celle-là reste immuablement la même qu'au premier jour. Puis elle croisera le regard d'un autre qui saura voir celle qu'elle est devenue. Je pense à tous ces couples qui m'ont un jour confié : « Après notre séparation, je me suis rendu compte que je ne le ou la connaissais pas. » Connaissons-nous réellement celui ou celle que nous disons aimer ?

Donner sa liberté à l'autre, c'est se réveiller chaque matin avec le désir de le rencontrer comme pour la première fois. Lorsque nous regardons notre compagnon de vie en nous disant que nous savons déjà tout de lui, nous l'emprisonnons dans une personnalité figée dont il n'a aucune chance de sortir. Si cette image ne lui correspond plus, il peut avoir l'envie d'être vu par d'autres. Nous agissons de même avec nous. Nous nous accrochons à une personnalité que nous nourrissons continuellement en nous répétant : « Je suis une femme (ou un homme) de tel âge, tel poids, telle profession, tel caractère, telles croyances. »

Lorsqu'on nous demande de décrire une personne, nous devrions toujours utiliser le passé. D'ailleurs, la prochaine fois que je parlerai de quelqu'un, je dirai : « La dernière fois que je l'ai vue, elle était ainsi... Aujourd'hui, je ne sais pas qui elle est. » Pour être plus juste, ce serait plutôt : « Celle qui est dans ma tête est ainsi, si tu veux savoir qui elle est réellement, questionne-la directement. » Nous nous faisons une idée de l'autre que nous tenons pour vraie, mais nous ne percevons de lui que ce que nous nous racontons. De l'extraterrestre qui faisait semblant de voir les objets et les êtres pour la première fois, je suis devenue un être humain qui a appris que tout est sans cesse réactualisé si j'accepte de sortir de mes concepts pour entrer dans la réalité.

Estelle range soigneusement sa nouvelle rose, et se couche satisfaite et emplie d'espoir.

Elle se réveille avant que la cloche sonne et attend qu'elle s'approche de sa chambre pour se lever. Le temps se faisant étonnamment long, elle attrape sa montre rangée dans sa table de chevet : il est cinq heures. Elle se lève précipitamment, asperge son visage d'eau, revêt la tenue de la veille et dévale les escaliers pour rejoindre le groupe. Elle pense avoir raté la sonnerie.

Troublés, plusieurs élèves regardent en direction du belvédère vide. Estelle leur demande s'ils savent ce qui se passe, mais elle ne reçoit que des haussements d'épaule perplexes. Peu à peu, ils sont rejoints par l'ensemble des participants et chacun y va de ses suppositions pour tenter d'expliquer ce phénomène exceptionnel.

Quelques-uns cependant restent en retrait de cette excitation générale et attendent patiemment la tournure que prendra ce début de matinée. Estelle opte pour sa propre méditation marchée. Après tout, elle est à même de décider de son programme. Lorsqu'elle est assez loin du tumulte, elle regarde tous ces « cela » non définis et observe les pensées qu'ils font naître en elle. Cette expérience la trouble. Elle ne sait plus si elle se trouve à l'endroit où elle est ou au milieu des autres. « Cela » devient un tout fragmenté qui peut se trouver à plusieurs endroits en même temps. Elle contemple la pelouse, les fleurs, le manoir, sans les nommer. Comme si son esprit s'était vidé de tout ce qu'il contenait, ce qu'elle regarde devient un autre elle-même. Sous une autre forme. Elle peut ressentir physiquement le fait d'être une fleur, un arbre, un bâtiment. Observer le monde à travers les yeux de « cela » l'amène à se concevoir comme faisant partie du Tout, et non plus comme un être isolé.

Bien qu'elle entende son ventre gargouiller de faim, elle reste clouée sur place. Elle a du mal à rassembler ses idées pour décider ce qu'elle doit faire, et peut-être même ce qu'elle doit être. Elle se ressaisit lorsqu'elle aperçoit des élèves sortant du manoir une assiette à la main, et se dirige, encore perturbée par ce qu'elle vient de vivre, vers la salle du buffet.

Tous sont encore en train d'analyser combien il est anormal que la cloche n'ait pas sonné. Ils ont même essayé, sans succès, de soutirer des informations au personnel du manoir. Elle les écoute d'une oreille en dégustant ses fruits.

Carl attend qu'Estelle ait fini son repas pour l'aborder :

– Bonjour, Estelle.

Lorsqu'elle lève les yeux vers lui, elle réalise qu'à chacune de leurs interactions, c'est le Carl coincé du premier jour qu'elle voit. Or, ce matin-là, elle perçoit toute la tendresse qu'il lui porte, le sourire qu'il lui offre, comme un cadeau précieux, son regard pétillant et joyeux, sa force, sa présence pleine et posée comme un énorme tronc d'arbre dont les racines s'enfoncent loin dans la terre.

Elle le scrute longuement avant de lui répondre, sans qu'il en soit gêné : il se tient devant elle, n'espérant rien d'autre que ce moment précieux.

– Bonjour, Carl.

– Je t'ai aperçue au loin… tu es restée debout si longtemps que je me suis demandé si tu allais bien.

– Oui, c'est… Disons que je suis perplexe…, mais je suis bien… Veux-tu que je te raconte ?

– Avec joie !

– Tu peux m'attendre dix minutes ? Il faut que je prenne une douche et que je me change.

Il est sur la terrasse lorsqu'elle redescend.

– Je suis là. Allons marcher ?

– D'accord.

Carl l'écoute narrer sa méditation matinale avec attention. Il absorbe ses mots, mais aussi ses silences, ses gestes, ses soupirs, pour faire de l'expérience d'Estelle la sienne propre. Elle lui donne l'envie de vivre physiquement ce que signifie devenir le Tout, le Un. Il admire cette femme pour sa capacité à transformer toute expérience en apprentissage spirituel. Elle n'attend pas qu'on lui dise quoi éprouver ou comment le ressentir. Il l'observe cheminer vers elle-même sans demander d'aide. Elle découvre, apprend puis agit. Estelle ne le sait pas, mais elle est en train de lui enseigner.

– Merci, lui dit-il simplement.

Ils sont déjà loin quand ils entendent la cloche de la reprise des cours. Carl regrette que ce moment prenne fin, mais c'est au pas de course qu'ils retournent au manoir. Elle joue à le dépasser, il la laisse faire, désireux de lui offrir ce moment de joie.

En retard, ils s'installent aux premières places libres. Mama peut alors commencer :

– Bonjour à tous.

L'enseignante sourit devant le regard avide de réponses des élèves.

– Nadia a eu l'idée de cette matinée inhabituelle. Je lui laisse la parole.

– Bonjour, chers amis. Combien d'entre vous ont médité ce matin ?

Seules trois mains se lèvent.

– Vous êtes au manoir depuis quelque temps déjà, pourquoi avoir attendu mes consignes plutôt que prendre place sous le belvédère ? Je vous propose de composer des groupes de trois afin d'échanger sur ce thème. Celles et ceux qui ont médité, créez votre propre groupe et partagez vos découvertes de ce matin.

La mine basse, les élèves se sentant pris en faute ne se pressent guère comme ils le font d'habitude. Ils n'aiment pas que l'on se joue d'eux et en veulent à Nadia.

Estelle préfère garder pour elle sa matinée au cœur de la conscience. Elle a trouvé les mots pour en parler à Carl, mais en est dépourvue à présent. Avant de commencer ce chemin, elle souffrait de devoir réprimer son être intérieur, craignant de dévoiler ses faiblesses, mais ce n'est plus la peur qui lui fait garder le silence. Elle a appris à choisir le moment pour devenir le réceptacle silencieux et patient des mots de ses camarades et celui où elle peut se dire. Le reste du trinôme n'est pas gêné par son mutisme.

Nadia fait tinter son bol tibétain pour ramener l'attention. Elle demande à trois élèves de la rejoindre sur l'estrade, que Mama a quittée pour s'installer dans la salle.

– Acceptes-tu de nous dire pourquoi tu n'as pas médité ce matin ? demande-t-elle à l'un d'eux.

– Oui. J'étais soulagé. J'ai apprécié de ne pas être réveillé brutalement à quatre heures. Quand je suis descendu pour constater que la méditation n'avait pas eu lieu, j'en ai profité pour écrire, relire mes roses, réfléchir. J'ai avancé sur des thèmes que j'avais laissés en suspens. Pour moi, cette matinée a été très bénéfique.

Sybille, la femme transparente, prend à son tour la parole :

– Je ne sais pas vraiment pourquoi je n'ai pas médité. Je suis restée debout près du belvédère en attendant une réponse, une explication. J'écoutais les hypothèses des uns et des autres. À chaque minute, je m'attendais à ton arrivée. Puis il a été l'heure du petit-déjeuner. Je n'ai pas pensé à faire ma méditation toute seule…

Sa voix devient inaudible. Elle ne parle plus que pour le premier rang, les yeux et les joues rougis par un sentiment que personne ne reconnaît. Elle garde le silence de longues secondes. Mama fait signe à l'enseignante en herbe de ne pas interrompre ce moment, car elle comprend qu'une émotion salvatrice est en train de prendre naissance.

– En réalité, poursuit Sybille, je n'ai pas médité parce que je n'en avais pas envie. Je suis ici depuis deux mois et rien n'a changé. Je vois les autres évoluer, se transformer, être chaque jour plus heureux et moi… J'ai l'impression que vous n'en avez rien à faire. Personne ou presque ne me parle en dehors des exercices, et ni toi ni Mama ne cherchez à me venir en aide. Je n'ai pas médité parce que c'est inutile. J'ai la sensation d'avoir dépensé mon argent pour rien.

Elle continue sur le même ton. Sa voix est devenue puissante et grave. C'en est fini de la femme transparente. Elle ne craint plus d'exprimer sa vérité. Et elle veut que tous sachent que ce qu'elle reçoit n'est pas à la hauteur de ses attentes. Pour la première fois peut-être, elle ose se lever et demander de l'aide, car c'est de cela qu'il s'agit. Mama le sait, elle attendait ce moment. Elle a laissé son élève livrée à elle-même, accumuler suffisamment de frustration pour exploser enfin. Sans cet épisode, Sybille n'aurait jamais mesuré son véritable mal-être ni eu le désir ni le courage de plonger en elle pour aller y chercher son âme. L'observation a appris à Mama que la colère est la porte d'entrée pour créer du nouveau en soi, ce soi qui s'est trop longtemps tu et dont la voix libérée dissout les masques de la personnalité construite, de l'ego qui vit les derniers soubresauts de rébellion.

Lorsque Sybille finit d'expulser des années de silence, elle reste interdite. Elle veut quitter la chapelle, s'enfuir ou au moins s'excuser, mais son corps refuse d'obéir à son mental. La respiration entrecoupée, elle regarde Nadia qui vient à sa rescousse en s'adressant à elle d'un ton dégagé et exempt de réaction :

– Je te remercie, Sybille, d'exprimer ce que mon choix a engendré en toi. Si tu le veux, nous pourrons en discuter à la fin du cours.

Tous les regards se dirigent instinctivement vers Mama s'attendant à ce qu'elle intervienne. Elle n'en fait rien.

La troisième participante s'exprime à son tour, avant que Nadia reprenne la parole :

– Hors du manoir, vous retrouverez vos habitudes. La vie ne nous offre pas toujours ce à quoi nous nous attendons et c'est le sens que je voulais donner à cette matinée. Quels choix faites-vous lorsque les événements sont contrariants ? Quand vous vous levez le matin et que l'inhabituel arrive, en serez-vous déstabilisés ? Laisserez-vous les aléas de la vie faire des choix pour vous ou serez-vous aux commandes de votre vie et tirerez le meilleur parti de l'inattendu ? Ici, vous pouvez penser à vous, à votre évolution, et prendre soin de vous, mais lorsque vous rentrerez, de nouveaux défis vous attendront. J'aimerais que vous vous souveniez de ne pas laisser l'extérieur définir qui vous êtes, ce que vous êtes ou vos décisions. Il est facile de se perdre, d'oublier, de s'oublier dans le quotidien. Le moindre imprévu peut nous détourner de ce que nous sommes et il peut se passer des années avant que nous nous en rappelions. Ce que vous faites ici est précieux et est, je l'espère, transformateur sur de nombreux plans. Néanmoins, comprenez que tous les bénéfices que vous en aurez tirés ne seront durables que si vous continuez ce travail après votre départ. Je crois profondément au pouvoir de la méditation et vous réserver un moment quotidien, aussi court soit-il, vous permettra de ne pas vous laisser happer par les circonstances de la vie ou vos habitudes…

Nadia sait combien peu d'entre eux, malgré les promesses qu'ils se font en partant du manoir, continueront de méditer. Elle espère que son intervention restera gravée dans leur mémoire. Mama, quant à elle, fait rarement des incursions de cette sorte dans l'avenir de ses élèves. Il leur appartient. Elle leur apprend qu'ils ont des ailes, libres à eux de les utiliser. Elle a la croyance que nul n'a besoin de baliser le chemin pour qu'il puisse être retrouvé. S'il est perdu, c'est qu'il doit l'être pour apprendre ou comprendre un nouvel aspect de soi.

Chapitre XXI

Le lendemain, tout rentre dans l'ordre : la cloche sonne à quatre heures du matin, les méditations ont lieu et Estelle remonte dans sa chambre pour écrire avant de prendre son petit-déjeuner. En entrant, elle remarque une enveloppe qui a dû être g issée sous la porte en son absence.

> Ania nous quitte demain matin. J'ai demandé aux élèves les plus anciens de créer un spectacle qui sera donné ce soir en son honneur et auquel vous êtes tous invités.
>
> Je vous propose de lui écrire une lettre dans laquelle vous pourriez exprimer en quoi sa présence au manoir vous a touchés. Je vous remercie chaleureusement pour votre participation.

Estelle, enchantée par l'idée de Mama, sourit en imaginant le bonheur d'Ania à la lecture des billets de ses camarades. C'est le cadeau idéal pour celle qui avait douté un jour de pouvoir être aimée.

Elle prend de quoi écrire, s'installe sur son lit et laisse défiler, dans le désordre, les souvenirs partagés avec son amie. Sa tristesse de la voir partir assombrit quelque peu la mémoire qu'elle a de leurs conversations et des moments passés ensemble.

Les premières lignes d'écriture s'en ressentent.

> Ma chère Ania,
>
> T'aimer m'a pris du temps…

« Oh, mais non, je ne peux pas commencer ma lettre ainsi, pense-t-elle. Si, je vois maintenant… »

Ma chère Ania,

T'aimer m'a pris du temps. Non que tu ne fusses pas aimable, mais il m'a fallu apprendre à m'aimer avant d'être capable de te reconnaître. Grâce à toi, j'ai pu observer le chemin que j'ai accompli en moi. T'apprécier signifie que j'ai appris à aimer...

Estelle s'arrête, pose son stylo et soupire de déception. L'écriture de cette lettre est laborieuse et Ania le ressentira. Elle ne veut pas lui donner l'impression que leur amitié ait pu être contrainte ou sans profondeur. Observant son lieu de vie comme elle l'a fait le premier jour où elle y est entrée, une nouvelle sensation se manifeste dans son ventre... Soudain, elle sait ! Elle sourit, acquiesce à l'évidence qui naît dans son cœur et reprend son travail.

Ma chère Amie,

J'envisageais des mots emplis de sagesse pour accompagner ton départ. Je cherchais des paroles traduisant mes regrets et ma tristesse de te voir quitter le manoir tout en essayant de t'exprimer mon soutien, mais elles peinaient à se matérialiser, car je ne les ressentais pas. Je ne suis pas triste, au contraire, c'est avec allégresse que je t'écris. J'ai envie de rire, de te prendre par la main, de danser. Une certitude vient de se révéler à moi : je vais à mon tour quitter le manoir ! Tu es la première personne qui m'a parlé dans la chapelle. Je me souviens de celle qui m'avait abordée alors que j'étais perdue, au bord du désespoir. Tu n'es plus cette personne. Tu as changé, certes, mais c'est surtout mon regard sur toi qui s'est transformé. Je suis désormais capable de voir ta beauté parce que je prends conscience de la mienne. C'est précisément cela que je voulais pour moi en venant au manoir. Notre belle amitié signe mon départ... ou mon retour... ou une nouvelle étape de ma vie. J'y pense sans aucune appréhension et presque avec impatience. Tu y es pour beaucoup ! Tu as fait de moi le support de ta guérison, mais tu m'as aussi apporté plus que je ne peux l'exprimer ici. Merci, mon Amie. Je t'aime.

Estelle

Sa poitrine se soulève lentement et pleinement, comme pour inspirer tout l'air que sa cage thoracique peut emmagasiner. Une paix profonde l'envahit. Sa décision lui paraît juste. Aucun doute ne vient assombrir la représentation d'un futur qui se dessine déjà dans sa tête.

Elle s'étire, s'accorde quelques mouvements de yoga et prend la direction du jardin, désireuse d'annoncer son départ à tous. Plutôt que de dévaler les escaliers comme à son habitude, elle avance un pied devant l'autre en regardant autour d'elle. En passant devant la tea room, elle voit Carl se servant une tasse de thé et l'aborde :

– Tu veux déjeuner avec moi tout à l'heure ?

– Oui, avec plaisir. Retrouvons-nous au buffet après le cours.

Une copieuse assiette à la main et une tasse de thé dans l'autre, Estelle s'éloigne du manoir pour s'installer au soleil, bien décidée à profiter de tout ce que cet endroit lui offre, puisqu'elle n'en sera bientôt plus résidente. C'est avec nostalgie déjà qu'elle contemple la nature environnante. La reverra-t-elle un jour ? Elle en a le désir, certes, mais elle ne veut pas en avoir besoin. Elle balaye cette idée pour rêvasser aux célébrations que Mama organisera pour son départ.

Gabriel, qui l'a aperçue depuis la terrasse, s'approche et l'observe timidement, ne sachant s'il peut la déranger. Le sourire avec lequel elle l'accueille lui donne la permission qu'il attend pour la rejoindre.

– Tu as l'air particulièrement enjouée… Je me trompe ? lui lance-il en s'asseyant.

– Ah oui ? Peut-être que tu ne te trompes pas, lui répond-elle d'un ton malicieux insinuant qu'il n'en saura pas plus. Comment vas-tu, Gabriel ?

– Ah… c'est un peu compliqué. J'ai tant vécu à travers ce que les autres attendaient de moi que je n'ai aucune idée de qui je suis. C'est devenu obsessionnel, je passe mon temps à essayer de me trouver et de me comprendre.

– Qui as-tu envie d'être ?

Gabriel ne saisit pas la question d'Estelle.

– Il ne s'agit pas d'avoir envie d'être quelqu'un de particulier. Je veux juste être moi, mais je ne sais pas par où commencer.

– Quand tu dis vouloir trouver qui tu es, cela signifie que tu souhaites pouvoir donner une définition de toi, n'est-ce pas ?

Il fronce les sourcils, interrogatif.

Devant son air perplexe, Estelle poursuit :

– Tu veux pouvoir dire : « Je suis comme ci et comme ça, j'aime telle chose, je n'aime pas telle autre… »

– Je ne sais pas vraiment. Oui, peut-être…

Estelle le laisse à ses réflexions, préférant se tourner vers les jardiniers qui s'affairent à déposer des bulbes dans la terre généreuse du jardin. Sans regarder Gabriel, elle lui demande après un long silence devenu inconfortable pour le jeune homme :

– Sais-tu ce qu'ils sont en train de planter ?

Il n'avait pas remarqué les jardiniers… Il examine alors la photo des fleurs sur les paquets posés près du parterre prêt à accueillir ces boules ressemblant à des oignons.

– Non, je… je ne connais rien aux fleurs.

– Ce sont des jonquilles.

Avant de poursuivre, elle ramasse son assiette et se lève.

– On les appelle aussi des narcisses…

Il ouvre la bouche pour répondre, mais elle ne lui en laisse pas le temps :

– À tout à l'heure, Gabriel.

En se dirigeant vers le manoir, elle se demande pourquoi elle a voulu intervenir dans le chemin d'un autre participant. Elle s'en était soigneusement abstenue depuis son arrivée. Elle a le sentiment d'avoir donné à Gabriel ce dont il avait besoin, mais ne veut pas devenir une donneuse de leçon. Elle en a souvent rencontrées avant d'arriver dans ce lieu et connaît la désagréable sensation d'être la récipiendaire de conseils non sollicités. Doit-elle retourner le voir pour s'excuser ? Elle le fera une prochaine fois.

Elle dépose ses couverts sur le plateau prévu à cet effet et remonte dans sa chambre. Plutôt que de s'y rendre directement, elle choisit de déambuler dans le manoir. Estelle respire à pleins poumons pour se remplir des odeurs d'encens, de bougies, de tapis. Elle veut en faire sa madeleine de Proust. Elle avance lentement, comme pour éviter à son cerveau d'être dérangé dans son travail de mémorisation. Plusieurs scènes traversent son écran mental. Elle les appréhende avec tendresse, même les plus douloureuses. Devant l'ancienne chambre de Stéphane, elle se souvient combien elle avait été malheureuse. Des années semblent avoir passé depuis cet événement.

Elle s'arrête un instant. La mélancolie étreint son cœur. Dans son désir ardent de guérir vite, elle n'a pas pris le temps de savourer ces instants précieux qui l'ont menée vers ce qu'elle est devenue. Tout devient beau à ses yeux. Son passé, son présent, son futur. La main sur la poignée de sa porte, elle l'ouvre lentement et va s'allonger sur son lit.

Elle pense à Philippe. Non pas de façon automatique comme elle en avait l'habitude, mais sciemment. Elle veut savoir si sa peine est toujours présente. Alors que le visage de son ex-compagnon s'imprime dans sa tête, elle sourit. Il est la cause de sa retraite dans ce lieu initiatique. C'est à lui qu'elle doit de connaître cette nouvelle dimension d'elle-même, cette personne qu'elle aime sincèrement. Elle n'a pas mal en songeant à lui, elle n'a pas honte non plus. Il fait partie de ce qui l'a construite. Il lui a permis d'accéder à ces couches d'elle qu'elle ne connaissait pas. Elle se sent à la fois plus profonde et plus grande. Comme un arbre dont les racines s'enfonceraient jusqu'au centre de la terre et les branches flirteraient avec les étoiles.

Il est bientôt l'heure de retourner à la chapelle pour le premier cours du jour, mais, avant, elle veut reprendre la rédaction de sa dernière rose. « Si ce n'est pour changer, pourquoi suis-je ici ? »

> « Changement » n'est pas le mot juste pour parler de la raison de mon séjour au manoir. Il s'agit davantage de la réalisation de nouveaux aspects, de nouvelles dimensions de soi à travers lesquels je peux choisir de vivre. Si je devais donner une image à ce concept, je parlerais d'une personne qui vit au premier étage d'un immeuble. Lorsqu'elle regarde par la fenêtre, elle perçoit le monde entier depuis cette perspective, sans savoir que d'autres angles de vue existent. Après quelque temps, elle monte de plusieurs étages. Son paysage change. Sa vision s'élargit. Et ainsi de suite. Je suis venue au manoir pour changer alors qu'en réalité, j'ai déménagé à l'intérieur de moi, étendant ainsi mon champ de compréhension, de connaissance de moi et des autres et ma capacité d'amour.

Elle glisse sa rose dans son cahier, y coince son stylo et court à la chapelle.

Chapitre XXII

Mama a déjà commencé le cours quand Estelle arrive, aussi se fait-elle discrète pour prendre place.

– ...ce matin. Nous allons reprendre le travail « Raconte-moi, raconte-toi ». Vous retravaillerez avec la même personne que la dernière fois, mais vous échangerez les rôles. Vous raconterez ce qui vous a été confié par votre partenaire à la première personne en y mettant les émotions que vous avez perçues et en évoquant les éléments dont vous vous souvenez. Ceux qui écoutent leur histoire contée par un autre feront en sorte de ne pas interrompre le narrateur, même s'ils perçoivent des inexactitudes. Soyez à l'écoute, présents à votre corps, à vos émotions, à vos pensées. Vous avez jusqu'au déjeuner, nous nous retrouverons à 15 h 30 pour en parler. Cela vous laissera également le temps d'écrire. Iris et Estelle, vous me rejoindrez au banc d'accueil. À tout à l'heure.

Estelle cherche Caroline du regard. Comment lui parlera-t-elle du drame qui l'a frappée sans abîmer son histoire ? Elles se regardent, pressentant que l'une et l'autre nourrissent la même crainte. Machinalement, elles retournent au même endroit que celui où Caroline avait poussé ces hurlements inscrits à tout jamais dans le corps d'Estelle.

– Tu veux bien commencer, Estelle, s'il te plaît ?

– Pardonne-moi par avance, Caroline, si je ne suis pas fidèle à ton récit.

– Si j'ai bien compris les consignes, c'est désormais le tien.

Estelle sourit et comprend qu'elle doit s'approprier le drame de Caroline. Elle prend le temps de se rappeler le moment qu'elles ont partagé.

– J'ai rencontré l'homme de ma vie alors que nous n'étions qu'enfants. On nous disait inséparables… Déjà…

Estelle fixe la pelouse en souriant avec tendresse à l'évocation de sa merveilleuse vie par procuration.

– Nous nous aimions avant même de savoir ce qu'était l'amour. Nous sommes devenus un couple à l'adolescence et nous nous sommes mariés dès notre majorité. Nous étions complices, amoureux, amis…. Heureux. Après quelques années de mariage, nous avons hérité d'une grande demeure que nous avons transformée en maison d'hôtes. Notre rêve s'est réalisé : travailler ensemble pour un projet commun. Notre union d'amour était un exemple pour tous les couples qui séjournaient chez nous.

Elle fait une pause. Comme pour se préparer à l'insoutenable.

– Un matin, en me réveillant, j'ai eu l'intuition que mon mari allait mourir. Je l'ai supplié de faire attention, de ne pas prendre la route. Il n'a pas voulu croire mon funeste présage… Ou peut-être pensait-il que telle était sa destinée ? Avant de partir, je l'ai serré fort et lui ai rappelé tout mon amour. Il m'a regardée longuement et m'a dit : « Caroline, je t'aime et je veux que tu sois heureuse. Quoi qu'il arrive, je serai toujours auprès de toi. » Je pleurais en cuisinant lorsque le téléphone a sonné. Je suis allée répondre en sachant ce qu'on allait m'annoncer. J'ai repris espoir en apprenant qu'il était à l'hôpital. J'y suis allée aussi vite que j'ai pu, mais il était trop tard. Laurent était parti.

Estelle prend une profonde inspiration, humecte ses lèvres et ose enfin regarder le visage de Caroline : elle sourit… À l'étonnement de la narratrice, son visage rayonne.

– Je te remercie infiniment, Estelle. Grâce à toi, je viens de comprendre que j'ai vécu la plus belle histoire d'amour que j'ai entendue. La douleur de ma perte m'a fait occulter toutes ces années de bonheur infini. Combien de personnes sur terre ont connu un tel amour ? J'ai été heureuse pendant plus de trente ans. C'est hors du commun, c'est merveilleux. J'ai envie de parler de Laurent, de nous, de notre quotidien. En t'écoutant, je souhaitais en savoir plus, j'avais presque envie de te poser des questions sur leurs jeux d'enfants, leurs conversations, leurs amis. Je ne peux pas mourir avec Laurent. Notre vie doit être racontée. Elle mérite que je rie, que je danse, que je sois heureuse. Sinon, elle n'aura servi à rien. Je ne pensais pas que mon cœur puisse un jour retrouver la candeur de l'amour et l'envie de vivre. Notre histoire, je veux l'écrire... Je veux la partager. Merci.

Une vague de chaleur faite d'affection, de joie et de fierté traverse le corps d'Estelle.

– J'en suis heureuse. Es-tu prête à faire l'exercice pour moi ? demande-t-elle à une Caroline sortant tout juste du cercueil dans lequel elle s'était enfermée avec son mari.

– Oui, bien sûr, avec plaisir.

Estelle est suspendue aux lèvres de sa camarade. À mesure que les mots s'égrènent, elle se distancie émotionnellement des événements retracés et attend la suite avec avidité. Elle est impatiente que l'héroïne se rebelle et s'en sorte. Caroline a su ajouter une nouvelle saveur à son passé avec Philippe. Estelle n'est plus la victime naïve et stupide d'un monstre ou d'un être trop blessé pour rester humain. Elle devient, sous les paroles de la conteuse, une femme amoureuse, compréhensive, empathique. Une femme qui a le désir de soulager la douleur de l'homme qu'elle aime. Son courage a su transformer une histoire d'amour malheureuse en richesse, pour offrir le meilleur d'elle au monde.

Elle se souvient combien elle était terrifiée à l'idée de révéler son passé sentimental. Cette crainte est en train de s'évanouir. Alors qu'elle écoute la suite du récit de Caroline, elle se visualise parlant de ce qu'elle a subi à ses amis et sa famille. Son besoin de perfection aussi disparaît.

Caroline termine sa narration et attend le retour d'Estelle comme un verdict.

– Caroline, je ne sens plus le mur…

– Pardon ?

– Le mur entre moi et les autres. Celui que j'ai construit pour me protéger, pour qu'on ne me juge pas, pour qu'on ne me prenne pas pour une victime. Pour qu'on ne sache rien de mon intimité. Tu l'as démoli. Ce que j'ai enduré ne me fait plus peur. Je ne me sens plus définie par mon histoire avec Philippe, ce n'est pas moi. En t'écoutant parler de ce qui m'a détruite, je réalise qu'il ne s'agit que d'une tranche de vie, d'un épisode. Je me sens émotionnellement détachée de cette période. Je ne déteste plus ce que j'ai traversé. Je ne me hais plus. Je me sens libérée.

L'énergie entre les deux femmes revêt la légèreté d'une plume d'ange. Alors qu'Estelle s'approche de Caroline pour l'enlacer, celle-ci l'arrête pour lui avouer :

– Quand tu as évoqué ta vie avec Philippe, j'ai compris que cela avait été une grande souffrance, mais je dois te dire qu'une partie de moi te jugeait de n'être pas partie plus tôt. Je comparais ce que nous avions traversé et je ne pouvais m'empêcher de penser que ma douleur était plus intense, que moi, je n'avais pas eu le choix. Cependant, aujourd'hui, j'ai ressenti dans mon corps ce que tu as vécu. Je te prie de m'excuser de ne pas avoir pris la mesure de tout ce que cela a abîmé en toi. Je t'admire sincèrement d'être celle que tu es à présent.

Caroline et Estelle se prennent les mains et se regardent quelques secondes pour se signifier l'une à l'autre qu'elles se reconnaissent. La cloche retentit.

Carl a déjà fini de se servir quand Estelle attrape une assiette. Il lui fait signe qu'il l'attendra à l'entrée du jardin. Doit-elle lui annoncer son départ dès le début du repas ? Elle le rejoint avec une assiette débordant de nourriture ; il en sourit.

– Ton repas est-il à l'image de ta matinée ? Riche et savoureux ?

– Surtout libre ! Je dois rejoindre Mama à 14 h 30. Nous n'aurons peut-être pas le temps de discuter comme je l'aurais voulu. Es-tu disponible ce soir ?

– Tu veux retarder le moment de m'annoncer ton départ… J'en suis flatté.

– Oh… Comment le sais-tu ?!

– Quand une personne décide de quitter le manoir, son énergie change. Une partie d'elle retrouve déjà son quotidien. Pour tout te dire, j'ai pressenti que tu ne serais plus parmi nous très longtemps en pensant à toi ce matin.

– Ce sont tous ces mois passés ici qui te rendent si intuitif ?

– Ou notre connexion…

Ils marchent depuis plusieurs minutes, mais ne parviennent pas à trouver le lieu idéal. Estelle reprend :

– Les liens que nous créons dans ce lieu ne ressemblent à nul autre, n'est-ce pas ? Cela va me manquer. Tout va me manquer.

– Tu n'as jamais imaginé rester ?

– Non. Peut-être quand j'étais très malheureuse, pour fuir le monde d'où je viens ou le monde tout court.

– C'est ce que tu penses de moi ?

– Pas du tout. À la différence de moi, on sent… Je sens que tu es fait pour cet endroit. Tu ferais un formidable enseignant ou thérapeute. Je ne t'imagine pas dans un autre monde que celui-ci. Tu es à ta place.

S'étant suffisamment éloignés du manoir, ils prennent place l'un en face de l'autre et mangent en silence.

Une fois les assiettes vides, Carl soupire :

– Les départs me rendent généralement heureux, parce que cela signifie que les élèves ont trouvé ce qu'ils cherchaient, mais le tien m'attriste.

– L'amitié ne s'éteint pas avec la distance. Rien ne nous empêche de la faire subsister au-delà de cet endroit et de nos différents modes de vie.

– Oui. Je crois qu'il est l'heure pour toi de rejoindre Mama. Nous nous voyons plus tard ?

– Bien sûr !

– Laisse ton assiette, je m'en occupe.

Elle est loin déjà quand il élève la voix pour lui crier :

– Ce ne sera pas une fuite, tu le sais.

Mama et Iris sont assises sur la pelouse près du banc d'accueil. Estelle se pose suffisamment à distance pour ne rien entendre de leur conversation. Elle s'allonge pour mieux profiter de la douce chaleur du soleil et se connecter à l'énergie du sol. « La Terre a-t-elle un cœur qui bat comme le mien ? Est-ce que je peux l'entendre ? » sont les questions qui traversent son esprit en ressentant une énergie puissante et maternante. Elle ouvre les yeux sur le regard affectueux de Mama.

– Eh bien, Estelle... Il est temps que nous lisions ta dernière rose.

– Carl te l'a dit ? s'étonne l'élève.

Mama se contente de sourire.

– Pardon. Tu le savais déjà, bien sûr. Tu m'avais dit que nous lirions ma rose sur mon désir de changement à la fin de mon séjour et, justement, je l'ai réécrite ce matin après avoir décidé de retourner à Paris.

– Tu es sûre que tu veux retourner à Paris ?

– Tu penses que je devrais rester ? Je n'ai pas fini mon travail, d'après toi ?

– Je te répète ma question : es-tu sûre de vouloir retourner à Paris ?

Estelle fronce les sourcils d'incompréhension, puis elle saisit :

– J'ai compris ! s'écrie-t-elle. Y retourner signifierait que je compte retrouver ce que j'ai laissé derrière moi. Je vais à Paris.

– Quand souhaites-tu partir, Estelle ?

– Je n'y ai pas vraiment songé… samedi matin me semble bien.

– Je vais demander à Cathy de s'occuper de tes réservations. Au lieu de me lire ta rose, tu veux bien me la laisser ?

Estelle sort la feuille de son cahier avec enthousiasme. Elle pressent que Mama s'en servira pour un cadeau de départ.

Chapitre XXIII

Mama a quitté sa tenue de sport pour revêtir l'une de ses longues robes.

– Qui veut partager ses réalisations de ce matin ?

Tous ou presque ont envie de raconter ce qu'ils ont vécu, conclu et retenu de l'exercice qui a eu un impact puissant.

Cette expérience a éveillé en eux la volonté de ne plus rester enfermés dans leurs schémas et leurs croyances. Ils ont eu l'impression, en incarnant provisoirement la vie d'un autre, qu'ils n'étaient plus des êtres séparés, isolés, chacun essayant de survivre à son propre drame, mais qu'ils faisaient partie d'un tout. Ils ont ressenti physiquement et émotionnellement l'expérience de leur camarade et ont compris qu'ils étaient semblables. Peu importe que leur apparence, leur enveloppe, soit différente. Chacun se promet de regarder son prochain comme un autre soi.

Alors que le déjeuner favorise les partages en groupes restreints, les dîners se veulent plus festifs et réunissent la majorité des élèves en une vaste assemblée qui parle fort, rit et parfois même chante.

Estelle tient son assiette d'une main et son verre de l'autre, cherchant du regard une place vide, et se souvient qu'elle a promis à Carl de le rejoindre. Elle sent alors une bouche chuchoter au creux de son oreille. Gabriel lui propose de s'éclipser un moment pour lui parler. Estelle, hésitante d'abord, accepte de suivre le jeune homme, certaine qu'elle verra Carl plus tard.

– J'ai envie de te faire part de mon cheminement d'aujourd'hui, puisque tu en as été à l'origine.

Estelle continue de manger en le regardant avec attention pour lui signifier qu'elle est tout ouïe.

– J'ai été dérouté lorsque tu m'as dit que j'étais narcissique.

Estelle va protester quand il se reprend :

– Non, ce n'est pas tout à fait exact : tu as prononcé le mot « narcisse » parce que tu voulais déclencher une prise de conscience. Quand tu es partie, j'étais furieux, mais je me suis aussi demandé dans quelle mesure ce pouvait être vrai. Certes, depuis que je me suis réveillé de la vie d'un autre, je suis devenu égocentré, uniquement préoccupé par moi-même. J'essayais de me connaître et le reste du monde n'avait plus la moindre saveur tant que je ne pouvais y goûter avec ma propre bouche au lieu de celle de mes parents. Lors de l'exercice de ce matin, une évidence m'est apparue : en me mettant dans la peau de Sam, j'ai ressenti de la peur, de la tristesse, une immense colère et tant d'autres émotions. J'ai alors compris que tout était en moi. Ce sont mes expériences, mon éducation, mon milieu social qui allument certaines caractéristiques, des traits qui deviennent ma personnalité. Je ne suis pas quelqu'un en particulier, je nais avec tous les potentiels et suis ensuite façonné par ce que je vis. C'est comme un morceau de montagne qui devient une sculpture d'art, un bâtiment ou juste une grosse pierre déboulant sur la route. Je l'ai déjà entendu, mais l'expérimenter fait toute la différence. Alors j'ai le choix : conserver ce qui m'a été inculqué et transmis puis le perpétuer ; ou décider quelle personne je désire incarner dans ce monde et travailler pour le devenir ; ou encore, m'imprégner de tout ce qui se présente à moi sans essayer de me définir, en étant simplement curieux des transformations que cela engendre en moi. Ainsi, je serai complètement ouvert à l'autre et à la vie sans jamais me référer à mes croyances sur le monde. Je me sens merveilleusement bien avec cette nouvelle façon d'appréhender l'existence. J'ai l'impression d'avoir retrouvé mon pouvoir personnel. Tu sais, le poème que j'ai accroché dans ma chambre… Il prend un tout nouveau sens maintenant. Je te remercie pour ta claque de ce matin.

– En te quittant tout à l'heure, je m'en voulais et j'étais à deux doigts de revenir m'excuser. Je suis étonnée par mes paroles et la manière dont je les ai formulées.

– Oui, cela te donne un petit côté Mama.

Estelle sourit, et Gabriel poursuit :

– Parfois, nous nous égarons et, si nous ne recevons pas d'aide, nous tournons en rond, ressassant de fausses croyances. J'ai apprécié que tu ne m'aies pas imposé ta conception du monde. Tu as trouvé le moyen de prononcer un mot qui a été le déclencheur d'une série de prises de conscience. J'aurais pu ne pas comprendre ou t'en vouloir.

– Je ne me suis jamais imaginée dans ce rôle. Une nouvelle voie s'ouvre donc à moi ! conclut-elle enjouée.

– C'est formidable ! Nous nous sommes apportés mutuellement. Tu vois, je ne suis plus égocentré.

Ils rient de bon cœur, fraternisant sous un soleil oranger qui s'apprête à éclairer une autre partie du monde.

– Au fait, nous n'avons toujours pas trouvé le titre de Mama ! s'écrie Estelle, amusée par leur échange.

– J'ai quelques idées, mais tu ne seras jamais d'accord : « agricultrice de l'âme », par exemple.

– Quoi ? C'est horrible !

– Non. Réfléchis : avec les exercices, elle désherbe et laboure notre terre. Avec les cours, elle sème les graines, et cet endroit favorise la pousse de bons fruits et légumes. Non ? « Jardinière de l'âme » ? « Horticultrice » ou « paysagiste » ?

– Il y a de l'idée, en effet, mais je ne l'imagine pas sur une carte de visite.

– Et toi, que proposes-tu ?

– Pour moi, le seul titre qui lui va, c'est Mama. Elle nous nourrit, s'occupe de nous, nous élève et nous laisse voler de nos propres ailes comme une maman. « Maman des gens du manoir ». Est-ce possible comme titre ?

– Ah, non ! répond-il dans un éclat de rire. C'est plus terrible encore qu'« agricultrice de l'âme ». « Préceptrice », alors ?

– Non, ce n'est pas mieux… À ton avis, pourquoi avons-nous besoin de la définir ? Pourquoi devrions-nous lui trouver un titre ?

– Oui, c'est vrai, pourquoi ?

– Pour ma part, je crois que ce sont mes vieux restes de besoin de contrôle. Donner un rôle à l'autre, c'est le mettre dans une case et l'empêcher d'en sortir. S'il n'est pas ainsi fixé dans mon esprit, il peut être ce qu'il veut et cela contrarie mon mental. Je le range dans un tiroir de ma tête, comme on met ses chaussettes dans le panier à linge pour qu'elles ne traînent pas. En réalité, en les définissant, nous considérons ceux qui nous entourent comme des objets. J'ai l'impression que tout ce que nous faisons sert à calmer notre ego assoiffé de pouvoir sur notre environnement. Nous consolons l'autre, nous l'aidons, nous le jugeons, nous lui donnons des caractéristiques précises, comme nous nous en donnons à nous-même. Nous nous empêchons d'être. Alors non, je ne veux plus chercher de titre à Mama.

– Je crois que tu clôtures notre conversation de ce matin. Je n'ai plus besoin de dire : « Je suis comme ceci ou j'aime cela. » Savoir qui je suis ne m'est plus nécessaire. Je veux simplement vivre.

La jovialité de l'instant précédent laisse place à la gravité. Gabriel s'allonge pour observer les étoiles. Il entend des éclats de voix au loin, mais veut profiter de ce moment où il retrouve la paix qu'il n'a pu connaître que dans une autre vie.

Estelle se lève et le quitte sans un mot. Ce n'est pas utile. Ils se sont donné la liberté d'être.

C'est la première fois qu'elle frappe à la porte de Carl. « Les rôles s'inversent », se dit-elle en souriant intérieurement. Il ouvre sans être étonné de la voir apparaître.

– Entre. Tu veux un jus de fruit ?

– Tu as un réfrigérateur ?

– Cela fait longtemps que je suis ici et puisque je compte y rester, je m'offre un peu de confort.

– Je veux bien un jus de pomme ou ce que tu as.

Il sort une bouteille sur laquelle est écrit en lettres gothiques « Jus de pommes artisanal ». Elle s'installe sur le lit. Ni l'un ni l'autre ne prend la parole. Estelle regarde timidement autour d'elle. Il y a plus d'étagères que dans sa chambre. Elles sont surchargées de livres. Son regard s'attarde sur une vieille affiche du film *Casablanca*.

– C'est un cadeau que l'on m'a fait. Je me suis promis de le regarder un jour.

– Je ne le connais que de nom.

– Tu reviendras, tu le sais ?

Elle repose le verre après en avoir bu la dernière goutte.

– Oui. J'ai envie de marcher, de profiter du manoir, de la nature et du ciel étoilé.

– Oui. Allons-y. Veux-tu un pull ? Le temps va se rafraîchir.

Estelle serre le gilet tendu par Carl autour de sa taille. Il ouvre la porte pour la laisser passer et la referme derrière eux. Ils avancent sans échanger un mot. Aucun d'eux n'a envie de rompre le silence de la nuit. Tous les élèves ont déjà rejoint leur chambre.

Le réveil matinal du manoir est arrivé à bout des participants les plus couche-tard.

– Tu te sens seul ici, Carl ? demande Estelle après de longues minutes de marche.

– Oui. Bien sûr, j'adore le fait qu'il y ait toujours du monde, des personnes de tous horizons et je me sens mieux ici que nulle part ailleurs, mais je suis seul. Cet endroit favorise l'introspection. Même si nous parlons et partageons beaucoup, chacun est occupé par son univers intérieur et écoute l'autre à travers soi. L'exercice de cet après-midi aide à envisager le monde depuis un autre point de vue, mais la connexion pure et profonde comme je me l'imagine reste marginale au manoir. C'est la raison pour laquelle ton départ me serre le cœur.

– Comme tu le disais, une fois que nous sommes liés à une personne, que nous soyons au même endroit ou à des milliers des kilomètres, nous le restons.

– Oui, bien sûr. Peut-être est-ce plus simple lorsque nous sommes physiquement proches ?

Estelle ne répond pas.

Cette journée lui semble la plus longue qu'elle ait jamais vécue. Pourtant, elle n'a pas hâte de la voir prendre fin.

Chapitre XXIV

« Plus que deux jours ! » est la première pensée d'Estelle au réveil. Elle revit en pensée la soirée de la veille. La joie d'Ania devant la pièce de théâtre écrite spécialement pour elle, son émotion devant les lettres de ses camarades, les rires, les larmes. Elle se demande si elle aura droit aux mêmes festivités, sans être sûre d'en avoir envie. Elle a bien un rêve, mais elle le sait impossible. Lorsque la cloche annonçant la méditation matinale retentit, elle est déjà debout en direction de la salle de bains. C'est une façon inconsciente de se rebeller contre les règles. La petite fille en elle a l'impression que se lever avant que la cloche en donne l'ordre est un acte de désobéissance. Il lui semble que celui qu'elle appelle désormais « Observateur » en elle s'en amuse.

L'approche de son départ donne une saveur différente à chacun de ses gestes. « Dans deux jours, ce sera fini », se dit-elle encore. Deux jours. Plus de belvédère, plus de méditation en groupe, plus de Nadia ou Mama, plus de Carl. Le seul endroit où elle pourra expérimenter ce lieu qui prend un aspect surnaturel sera dans sa mémoire.

Assise en tailleur sous le belvédère, une partie de son cerveau médite, en se laissant guider par la voix mélodieuse de Nadia, tandis que l'autre réfléchit. « Comme la mémoire est étrange », constate-t-elle. Il lui suffit d'en émettre l'intention pour être propulsée dans un autre univers nommé « passé ». Elle a alors accès aux couleurs, aux textures, aux mots prononcés, aux sensations physiques ressenties. Elle choisit de percevoir ces souvenirs comme heureux ou malheureux et les émotions éprouvées dans le présent s'en trouvent affectées. Elle en conclut qu'il est merveilleux d'accéder à cette multitude de mondes et de présents.

« Même s'ils appartiennent au passé, se dit-elle, c'est dans le maintenant que j'en fais l'expérience. Est-ce cela l'éternité ? Une expérience vécue l'est pour toujours. Une pensée ne peut être impensée. Elle est là, quelque part dans notre tête ou peut-être même enregistrée dans un ailleurs indéfinissable et inconnu. Certes, le corps meurt, mais une pensée s'éteint-elle ? Que suis-je ? Un corps ou une pensée ? Un être qui se souvient ou la somme de tous mes souvenirs et de toutes mes pensées ? Ou l'émanation d'une conscience qui serait la totalité de toutes les expériences, de tous les souvenirs, de toutes les pensées de tout ce qui existe ? » Elle se souvient de son questionnement sur la Source au début de son séjour. « La Source me semble être une pensée qui contient toutes celles passées et à venir. » Se rappelant où elle se trouve, elle préfère se dédier au recueillement.

Après la méditation marchée, elle retourne se coucher avant le petit-déjeuner. Elle se sent fatiguée, car, depuis l'annonce de son départ, ses nuits sont courtes : au lieu de la laisser se reposer, son mental se remet en marche. Il spécule sur ce qu'elle racontera en rentrant. Il crée des conversations, répond à des questions imaginaires, envisage l'effet de ses paroles sur ses interlocuteurs. Estelle s'arrête sur les phrases qui défilent dans sa tête. Son vocabulaire ne ressemble plus à celui qu'elle utilisait avant le manoir. Elle se souvient de termes chargés de colère, de méfiance et de peur. Elle revoit aussi l'expression de fermeture qu'ils engendraient chez les autres. Au manoir, elle a appris à exprimer l'ouverture, la douceur et la joie. Elle se relève et attrape son cahier :

Notre état d'esprit calibre la qualité de nos paroles qui, à leur tour, façonnent notre réalité. Si nous percevons un monde négatif, nous utilisons un vocabulaire en adéquation pour le définir, et l'environnement devient alors plus infernal encore. Nos mots influencent ce que nous percevons de notre environnement et des autres.

Les réflexions nées de sa méditation matinale lui viennent à l'esprit. Chaque minute passée dans ce lieu est source d'idées nouvelles ou la prolongation d'autres. Estelle consigne soigneusement tout ce qui la traverse, avec le désir d'accumuler découvertes et apprentissages pour ne rien oublier. Ou peut-être que son cerveau, désormais rompu à l'exercice de l'introspection, envisage la vie comme une classe d'école pour la conscience. « Ceci est une extension de la Source » devient évident.

Ces derniers jours, chacun des participants a souhaité passer du temps avec elle pour lui exprimer gratitude, amitié et amour. Encore surprise de son impact positif sur ses camarades, elle continue ses notes sur un autre thème :

> Nous n'avons aucune maîtrise de l'empreinte que nous laissons sur les autres. Ils choisissent la représentation qu'ils ont de nous et la nourrissent de ce qu'ils croient distinguer. Tant que nous sommes préoccupés par notre image, nous ne pouvons nous dire libres. Créer l'harmonie en nous, c'est là notre véritable affranchissement.

Vendredi après-midi déjà et elle ne sait toujours rien de son cadeau de départ.

C'est Nadia qui a assuré le cours de l'après-midi. Elle a libéré les élèves plus tôt que d'habitude pour leur permettre de faire leurs adieux. Il est désormais évident pour tous qu'il n'y aura pas de célébration générale. Estelle remonte dans sa chambre pour se préparer. Elle sait que Mama lui réserve une surprise. Elle revêt la tenue qu'elle lui a offerte et se maquille avec les produits que Barbara lui a laissés. Pour calmer son attente, elle range ses affaires. Lorsqu'elle entend frapper à la porte, un large sourire se dessine sur son visage. Elle s'empresse d'ouvrir à Carl, qui irradie de joie. Estelle remarque le soin qu'il a mis dans sa tenue, mais ne dit rien.

– Tu t'attendais à ma venue, n'est-ce pas ?

– Oui, mais je n'ai pas la moindre idée de ce que vous m'avez préparé.

– Suis-moi. Je pense que c'est au-delà de tes espérances.

La prenant par la main, il la mène dans des parties du manoir encore inconnues. De portes dérobées en couloirs sombres, ils franchissent une sortie dont Estelle ne soupçonnait pas l'existence. Après quelques pas, ils s'arrêtent devant une jolie maison. Comprenant qui en est le propriétaire, le cœur d'Estelle s'accélère.

La porte s'ouvre, Mama apparaît dans un jean et un chemisier bleu ciel.

– Bienvenue chez moi, Estelle. Viens, je vais te présenter mon mari et ma fille.

Estelle pose son bras sur celui de Carl pour se soutenir. Elle n'avait jamais imaginé Mama en dehors du manoir et encore moins avec une famille. Comme une personne « normale ». La demeure est décorée avec un goût exquis. Tout est blanc et immaculé. De nombreuses bougies allumées et des minéraux, dont plusieurs géodes, ornent la pièce de vie.

– Octave, mon mari, et ma fille Jade.

Jade doit avoir une quinzaine d'années. Elle est si lumineuse qu'Estelle ne peut détourner le regard de son visage. Instinctivement, elle se dirige vers l'adolescente et la prend dans ses bras. Elle serre ensuite la main d'Octave en le remerciant de l'accueillir. Carl semble avoir ses habitudes chez Mama, car il est déjà en cuisine pour y chercher l'apéritif qui consiste en un kombucha qu'il a lui-même préparé et un cake salé aux olives confectionné par Mama. Ils prennent place et tous, hormis Estelle, discutent avec entrain. L'invitée de la soirée, encore interdite, n'ose dire un mot. Mama est à la fois elle-même et une autre. Le cerveau d'Estelle ne parvient pas à se fixer sur une pensée. Il est éparpillé entre le lieu où elle se trouve, le fait que Mama ait un époux et une fille, et le privilège de faire partie de cette famille le temps d'une soirée.

– Allez, Jade, il est l'heure, annonce Octave en se levant. Excuse-nous, Estelle, nous avions prévu de répéter un morceau pour notre concert de demain soir. Il ne nous reste plus beaucoup de temps et nous sommes encore loin d'être prêts.

– Oh ! Parle pour toi, papa, je connais ma partie sur le bout des doigts. Si je répète avec toi, c'est pour t'aider.

Il rit et se tourne de nouveau vers l'invitée :

– Dommage que tu partes demain, nous aurions été heureux que tu puisses nous entendre jouer. Je te souhaite un très beau voyage. À bientôt, j'en suis sûr.

Il fait la bise à Estelle, comme s'ils étaient déjà amis, embrasse son épouse, serre la main de Carl et attend que sa fille fasse de même pour sortir du salon.

– Je suis ravie de t'accueillir chez moi et que tu fasses la connaissance de ma famille, Estelle.

– J'en suis non seulement enchantée, mais infiniment honorée et intimidée. J'espère que je vais réussir à me détendre. Je te remercie de tout mon cœur. Je ne pouvais pas imaginer plus belle façon de célébrer mon départ.

– Alors, tout est parfait. Vous m'accompagnez à la cuisine ? Il me reste quelques préparatifs.

– Je n'arrive pas à croire que tu aies une vie normale. J'ai toujours pensé que les maîtres spirituels vivaient seuls et passaient leur temps à méditer.

– Ah, mais j'ai une vie normale parce que je ne suis pas un maître spirituel, dit Mama, souriant et badigeonnant d'huile d'olive un rôti.

– Tu manges de la viande ?

– Cela m'arrive. Nous servirons même du vin, si tu le souhaites. Tu sais, Estelle, je n'ai pas de religion ou de croyance particulière. Comme tu l'as remarqué, mon enseignement ne comporte pas de précepte ou de dogme. Quand nous sommes dans un mouvement, qu'il soit spirituel, artistique, politique ou autre, nous pouvons facilement nous laisser happer par un système où tout le monde pense, parle et agit à l'identique. C'est humain. Ma vie de famille et le fait que mon mari soit ancré dans une vie considérée comme ordinaire me permettent d'envisager le monde au travers de multiples points de vue. Carl, tu veux bien découper les légumes qui sont dans le saladier ?

Il s'exécute sans mot dire.

– Pour nous, cela peut prêter à confusion, parce que, pendant notre séjour, nous bénéficions d'une nourriture végétarienne et biologique. Nous ne buvons ni café, ni alcool. Nous faisons de ce modèle la définition d'une vie spirituelle.

– Une retraite au manoir est une parenthèse, répond Mama. C'est un moment de guérison pendant lequel vous prenez soin de votre être. Quand nous sommes en convalescence après un accident ou une maladie, nous nous éloignons de nos activités quotidiennes pour laisser à notre corps le temps de se réparer.

– Oui, je comprends. Pourtant, nous imaginons que c'est la « bonne façon de vivre ».

– Tu as pensé que tu allais continuer ainsi : te lever à quatre heures du matin et faire des exercices toute la journée ?

Estelle rit.

– Non, bien sûr. Comme d'habitude, nous plaçons les êtres dans des catégories et, à chacune, nous attribuons des principes. Quand les ronds n'entrent plus dans les cases, nous sommes perdus. C'est précisément ce qui m'arrive. Gabriel et moi avons cherché quel pouvait être ton titre. Tout ce que nous avons trouvé se rapprochant de l'idée que nous nous faisons de toi est « agricultrice de l'âme ».

– Oh, c'est vraiment ainsi que vous me percevez ?! Vous croyez que je n'existe que pour faucher votre blé ? s'écrie Mama d'une voix qui se veut offusquée.

Carl, jusque-là discret, ne peut réprimer un éclat de rire.

– Euh… non, non… Ce n'était pas la pensée qui nous a conduits à cette idée. Je ne me souviens plus comment nous en sommes arrivés là, mais je te le promets, c'était plus noble.

– Tiens, Estelle, tu veux bien prendre la place de Carl ? Et toi, Carl, cela ne te dérange pas d'ajouter quelques bûches ? Quel que soit le temps, j'adore recevoir mes amis avec un feu de cheminée.

Estelle attend qu'il quitte la cuisine pour poser la question qui lui brûle les lèvres, mais, en ouvrant la bouche, elle se ravise, ne voulant pas paraître curieuse.

– Carl fait partie de la famille, répond Mama au questionnement intérieur d'Estelle. Il est mon frère d'âme. Je sépare généralement mes deux mondes pour protéger les miens, mais je me sens si proche de lui que je l'ai fait entrer dans mon univers.

– Je ressens aussi ce lien avec Carl…

Estelle se tait en entendant des pas dans le couloir.

– Je crois que tout est en ordre. Nous n'avons plus qu'à attendre que la cuisson fasse son œuvre. Nous retournons au salon ?

Mama prend une bouteille de vin déjà ouverte et une bouteille d'eau gazeuse. Carl attrape trois verres et suit les deux femmes, qui prennent place devant le feu crépitant dans la cheminée.

Après avoir servi le vin, Mama lève son verre :

– Chère Estelle, j'ai eu grand plaisir à faire ta connaissance. Être la spectatrice de tes découvertes, de ton intelligence, de ta générosité est un privilège pour moi. J'ai pu assister à la fulgurance de ton esprit et j'en ai été à chaque fois émerveillée. Tout ce que tu as compris au manoir existait en toi. Tu avais simplement besoin d'un endroit qui laisse suffisamment d'espace à cette partie pour se montrer à ta conscience. Tu es un magnifique cadeau et j'avais envie de t'exprimer ma gratitude.

Elle boit sans attendre la réponse d'Estelle, qui fait de même. Pensant devoir parler à son tour, elle commence par baisser la tête pour rassembler ses idées, mais Carl prend le relais :

– Je ne peux certes pas dire mieux que Mama, mais je veux tout de même ajouter un mot. Je… Avant que tu arrives au manoir, je ne savais pas que je me sentais seul. Je suis nostalgique déjà de ta présence en ce lieu. Jusqu'à ce que je rencontre Mama, je ne m'étais jamais interrogé sur le concept d'âmes sœurs. Entre elle et moi, tout a été naturel, évident, et beau. Comme si nous étions semblables dans des corps différents. Rester au manoir était limpide et simple pour moi. J'ai des sentiments similaires envers toi, mais tu pars. Et je ne sais plus où est ma place. Existe-t-il réellement des familles de consciences ou d'âmes ? Lorsque nous avons la chance de nous retrouver, alors qu'il y a des milliards d'êtres humains, faut-il agir en conséquence ? Je n'ai plus le sentiment de n'être que Carl. L'aspect positif à présent : depuis mon arrivée au manoir, le monde me paraît beau et tu l'as rendu merveilleux. Merci, Estelle. À notre étonnante famille, qu'elle soit réunie ici ce soir ou dispersée aux quatre coins du monde !

Estelle prend une nouvelle lampée de vin, qui a du mal à glisser le long de sa gorge serrée d'émotion.

– Je crois que c'est mon tour. Après ces paroles, il m'est difficile d'exprimer ce que je ressens. Je peux simplement dire que vos discours resteront gravés dans mon cœur. Merci pour ces semaines, merci pour votre présence, physique et spirituelle, qui a accompagné chacun de mes pas à l'intérieur de moi. Merci pour cette soirée.

Ils prennent le temps de déguster une nouvelle gorgée, comme pour consacrer chacun des mots prononcés.

Carl, ému, se lève et feint de raviver un feu encore ardent dans l'âtre. Il cherche la force d'alléger la soirée pour la rendre inoubliable. Estelle retrouve sa retenue. Mama sourit en les observant. Une idée vient de germer dans son esprit.

– Nous passons à table ? Ensuite, j'ai une surprise pour vous deux.

Pendant que la maîtresse de maison s'affaire en cuisine et que Carl dispose les couverts, Estelle admire les bougies qui éclairent toute la pièce. Elles sont de toutes tailles. Certaines sont simples, d'autres ont la forme d'anges ou de roses.

– C'est Mama qui les fabrique. Elle adore les bougies, lui dit Carl en s'approchant d'elle.

– Où trouve-t-elle le temps ?

– Elle aime ce qu'elle fait.

Estelle reste pensive devant la danse enchanteresse d'une flamme. Voilà la prochaine étape de sa vie : trouver ce qui la passionne.

Ils dînent en se racontant des anecdotes sur le manoir et leur passé. Ils se trouvent des points communs. Ils ont cessé d'être un maître et des élèves pour devenir une famille, des amis se retrouvant après des années d'absence, désireux de rattraper le temps qui a passé.

À la fin du repas, Mama s'échappe en cuisine. Ils entendent des craquements sans pouvoir déterminer l'origine du bruit. Elle revient les bras chargés de trois énormes pots de pop-corn et leur en remet un à chacun.

– Vous me suivez ? leur suggère-t-elle en se dirigeant vers un escalier. Ils descendent pour accéder à une pièce dont les murs sont en pierre brute. Mama se dirige vers le fond de la salle et clique sur un interrupteur pour dérouler un écran de projection.

– Nous allons regarder mon film préféré : *Casablanca*.

Estelle et Carl se regardent en souriant et s'installent confortablement. Estelle se réjouit de penser que leur connexion n'a pas besoin de présence physique : elle transcende le monde de la matière.

Le film est terminé depuis plusieurs minutes, mais aucun ne bouge. Ils se délectent du sentiment de paix qui les entoure. C'est Estelle qui rompt le silence la première :

– Je réalise que je pars demain et je n'ai aucune idée de l'heure à laquelle le taxi vient me chercher.

– Il arrive à 8 heures, lui répond Mama. Souhaites-tu participer à la méditation matinale ?

– J'ai déjà dit au revoir à tout le monde, je n'ai pas envie de recommencer.

– D'accord. Vous voulez une tisane ou un chocolat chaud ?

Ils optent pour le chocolat en se dirigeant vers la cuisine. Estelle est heureuse, mais son cœur est lourd. Elle n'est pas sûre de pouvoir retrouver une telle communion d'âmes. Peut-être saura-t-elle recréer cette atmosphère de proximité et d'intimité où qu'elle se trouve, maintenant qu'elle en a fait l'expérience ?

Ils savourent leur boisson chaude, qu'ils accompagnent de guimauves, en échangeant sur les sujets qui se présentent d'eux-mêmes pendant que les bougies s'éteignent les unes après les autres. Au loin, ils entendent une cloche retentir. Il est quatre heures du matin.

– Je suis désolée, mes chéris, mais je vais aller dormir deux ou trois heures. Estelle, nous nous retrouvons à l'entrée pour nous dire au revoir.

Mama la prend dans ses bras, embrasse Carl sur la joue et leur dit en partant :

– Vous pouvez rester ici si vous en avez envie.

C'est ce qu'ils font.

– Tu as passé une bonne soirée, Estelle ?

– Peut-être la meilleure de ma vie. Merci. Ce soir, c'était si naturel.

– Oui, c'est ce dont je parlais tout à l'heure. Quand nous avons la chance de trouver cela dans une vie, nous n'avons pas envie de le lâcher.

– Tu veux dire que tu n'as pas envie de me lâcher ?

– Oui. Et toi ? Tu peux quitter ce que tu as trouvé ici ?

– Non, mais je sens que c'est ce qui est bon pour moi aujourd'hui. J'ai besoin de trouver ma voie, mon chemin. Si un jour je me dis que je peux être utile et m'épanouir au manoir, je reviendrai. Si toi tu penses pouvoir trouver ta place dans mon monde, c'est toi qui me rejoindras ?

– Disons cela. Tes affaires sont-elles prêtes ?

– Je n'ai pas fini mes bagages.

– Je t'accompagne dans ta chambre et, quand tu auras fini, je t'emmènerai voir un endroit que tu aimeras, j'en suis sûr.

– D'accord.

Estelle prend une douche rapide, enfile la même tenue que celle de son arrivée au manoir, jette l'ensemble de ses affaires dans sa valise, ouvre tous les tiroirs et regarde sous le lit pour être sûre de ne rien laisser derrière elle. Un dernier coup d'œil à la fenêtre la propulse au premier jour : les chevaux semblent ne pas avoir bougé. Sont-ils seulement réels ?

Carl l'attend derrière la porte. Ils repassent par les couloirs et le chemin qu'ils ont pris la veille. Plutôt que de s'arrêter chez Mama, ils continuent d'avancer le long d'un cours d'eau. Ils arrivent devant un jardin tout droit sorti d'un dessin animé enchanteur. Tout y est : le passage de pierre tortueux semblant mener dans une grotte habitée par des lutins, le ruisseau dans lequel les fées prennent leur bain en chantonnant, les fleurs de mille couleurs... Estelle, émerveillée par la beauté qui s'offre à elle, scrute les grosses pierres savamment déposées au milieu de parterres de fleurs pour créer l'illusion d'un jardin naturel, sûre qu'un élémental apparaîtra.

– C'est mon endroit préféré. J'y viens souvent pour trouver de l'inspiration, méditer ou rêver.

– Qui l'a créé ? Il est somptueux.

– Octave et Mama. C'est leur deuxième bébé. Et je les aide à l'entretenir.

– J'ai l'impression que des êtres magiques y vivent.

– Je savais que tu apprécierais ce lieu.

– Je crois que si j'y déposais un vœu, il se réaliserait.

– Nous pouvons transformer une de ces grosses roches en pierre à vœux. Attends-moi ici, je reviens.

Sans avoir eu le temps de lui demander ce qu'il allait faire, Estelle le regarde courir vers la maison de Mama. Il revient l'instant d'après, muni de papier et de deux stylos.

– Tiens ! dit-il en lui tendant de quoi écrire. Note ton vœu, je vais en faire un aussi.

– J'adore cette idée !

« Je fais le vœu que ma vie soit remplie d'amour et de beauté à l'image de ce jardin. »

« Je fais le vœu qu'Estelle soit heureuse à chaque instant de sa vie. »

Il a l'intuition que dans l'univers parisien vers lequel elle retourne, elle aura besoin d'un peu plus de magie que lui, aussi n'hésite-t-il pas à lui offrir son vœu.

– Alors, Carl, d'après toi, quel est l'endroit le plus favorable à la réalisation de nos souhaits ?

Ils passent en revue les roches et s'arrêtent devant l'une d'elles qui reçoit la lumière du soleil déjà rayonnant. Elle luit plus que les autres. Ils ont tous deux entendu dire que les fées aimaient ce qui brille, leur choix est fait.

– Tu veux manger quelque chose avant de partir ?

– Malgré tout ce que nous avons avalé hier, j'ai encore faim.

– Allons chez Mama, si tu veux.

– Je peux te poser une question ? Son mari ne peut pas l'appeler Mama, n'est-ce pas ? Ce n'est pas possible.

Carl éclate de rire.

– Non, il utilise son vrai prénom.

– Peux-tu me le dire ? lui demande-t-elle timidement, s'attendant à sa réponse.

– Je lui laisse le soin de te le révéler lorsque tu reviendras.

– Tu as l'air si sûr de mon retour…

– Oui, j'en suis convaincu. Cet endroit est ta maison. Peut-être te faudra-t-il des années pour le découvrir, mais un jour cela t'apparaîtra avec la même évidence qu'à moi.

Estelle ne répond pas. Elle prend place sur une roche pour profiter encore un instant de la délicieuse beauté du jardin aux fées.

La mélodie des oiseaux accompagne avec harmonie ce lieu enchanté.

Son ventre se rappelant à son souvenir, elle se lève.

– Nous allons prendre le petit-déjeuner chez Mama, alors ?

– Oui. Après, nous passerons chercher tes bagages dans ta chambre.

Ils retrouvent Jade dans la cuisine avec qui ils partagent les crêpes qu'elle prépare pour tout le monde.

– Bonjour tous les deux ! Nous vous avons entendus dans la salle de cinéma hier soir, mais nous ne voulions pas vous déranger.

Estelle et Carl déjeunent de bon cœur, n'hésitant pas à agrémenter les crêpes de crème chantilly, de sirop d'érable et de fruits rouges.

Une fois fini ce petit-déjeuner gargantuesque, ils s'apprêtent à nettoyer leurs couverts, mais l'adolescente les arrête :

– Non, laissez, je vais m'en occuper. Estelle, je suis heureuse d'avoir fait ta connaissance. J'espère que nous nous reverrons bientôt.

Elle la prend dans ses bras et lui souhaite un bon voyage.

C'est au pas de course qu'ils retournent dans sa chambre, car il est déjà tard. Ils rencontrent quelques élèves qui veulent échanger un dernier mot avec Estelle, ce qui leur fait perdre encore de précieuses minutes qu'elle ne passera pas avec Mama.

Celle-ci les attend devant la porte principale du manoir, un grand sourire aux lèvres et un paquet à la main.

Le taxi klaxonne déjà pour annoncer son arrivée.

Les deux femmes s'enlacent une dernière fois. Puis c'est au tour de Carl. Aucun des mots remplissant leur cœur et leur tête ne parvient jusqu'à leur bouche.

– Tu ouvriras ton cadeau en arrivant chez toi, lui dit Mama. Fais un bon voyage et, si tu en as envie ou besoin, n'hésite pas à revenir nous voir. Pas seulement en tant que participante. C'est aussi ta maison.

Estelle se tourne à nouveau vers Carl, mais il est déjà en train de charger ses bagages dans le coffre du taxi.

Elle le rejoint, l'embrasse sur la joue et monte dans la voiture. Il referme la portière.

– Ah, mais je me souviens de vous. C'est moi qui vous ai conduite ici. Vous avez changé, lui lance le chauffeur en scrutant son visage dans le rétroviseur.

Incapable d'entretenir une conversation, Estelle se contente de lui sourire. Cette dernière semaine est passée si vite. Tandis que le taxi démarre, elle jette un dernier regard au manoir. La porte se referme.

Table des matières